教室に並んだ背表紙

相沢沙呼

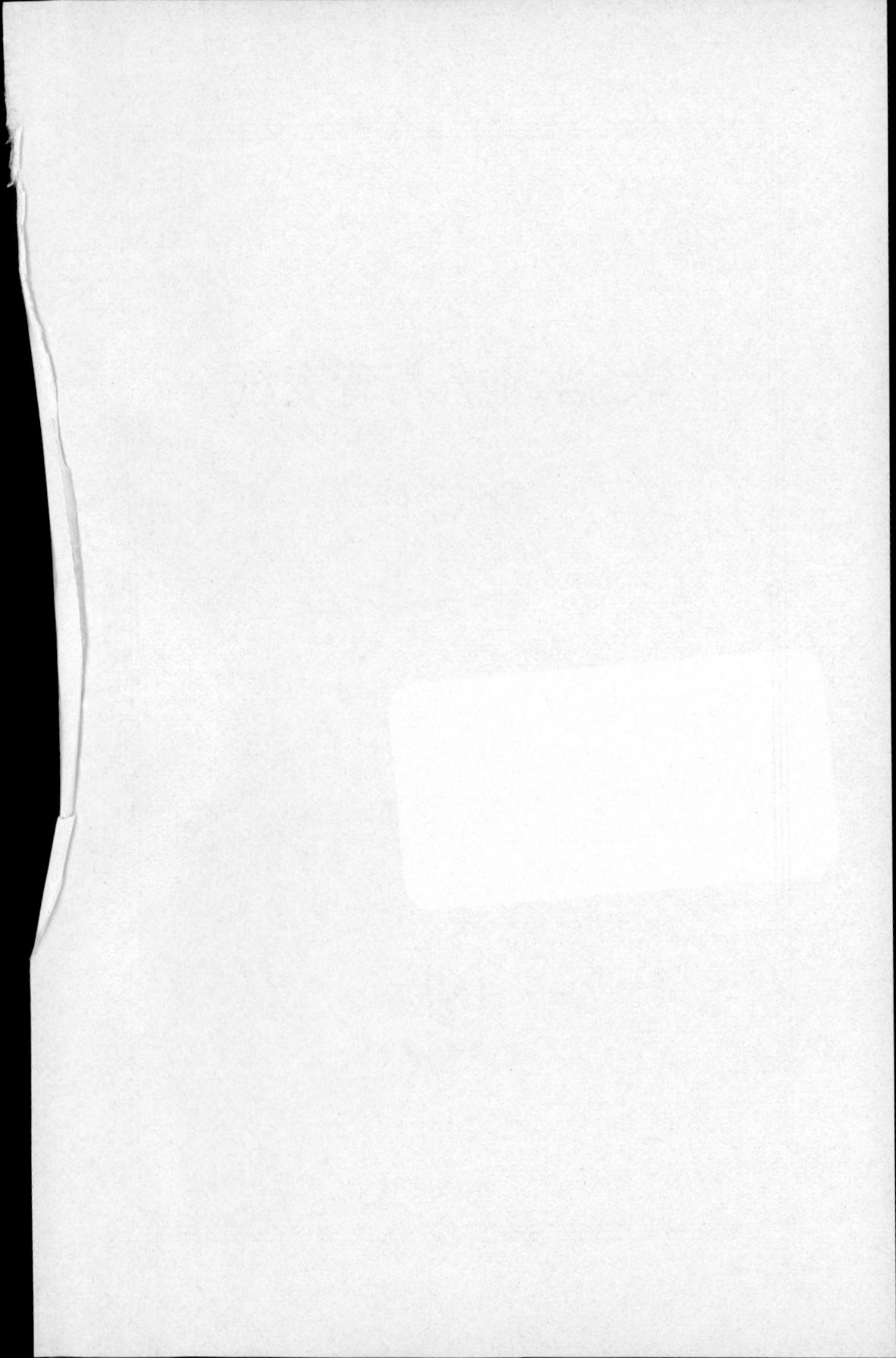

目次

本文デザイン／アルビレオ
本文イラスト／ゆうこ

教室に並んだ背表紙

その背に
指を伸ばして

なにか変わったお話を読んでみたくて、いつもの書架の前に立った。

図書室に入ってすぐ、受付の近くにあるこの小さな書架には、色とりどりの文庫本が収まっている。中学生に読んでもらいたい小説を、しおり先生が選んだものみたい。どれも読みやすく、十代の子たちが主人公だから共感しやすいと評判だ。

しおり先生だけじゃなくて、歴代の図書委員が選んだ本も交ざっているようだけれど、こうしてわかりやすく一つの棚に収まってくれるのはありがたかった。だって、中学生や高校生が主人公の本を探すのって難しい。ライトノベルなら簡単なんだけど、そうじゃない小説は、タイトルや表紙で当たりを付けて、いちいちあらすじを確認しないといけない。大人が主人公のお話は、なんだかついていけないから、あんまり読みたくない。

だからといって、恋愛ものとか、部活ものとか、そういうのは読みたくないから、この棚の中からでも、ピンと来る本を見つけるのは難しい。書架の前に立って、背表紙に書かれた題名を、一つ一つ心の中で読み上げる。色とりどりの背表紙、なんて言ったら聞こえがいいかもしれないけれど、この書架に収まっている背表紙の色は、みんなバラバラで統一感がない。あたしからするとそこは不満な点だった。大人たちから、几帳面な性格をしてるって言われるせいかもしれない。

だって、ここの棚にある小説は、すべてタイトルの五十音順で並んでいる。だから本屋さんで見る棚みたいに、出版社とかレーベルとかそういったものでまとまってない。赤い背表紙の隣に黄色いのが来て、次は青になったりする。あんたは信号機かっての。それだけならまだいいんだけれど、ライトノベルもよく交ざっているから違和感がはんぱない。ラノベの背表紙って、イラストの一部分がタイトルの上とかに描かれてることがあるから、たとえば新潮文庫の隣とかに来ると、めっちゃ浮いている感じがしちゃう。

去年の夏、両親に本棚を買ってもらった。そこで几帳面な性格が出たんだと思う。持っていた本を作家別に揃えたり、出版社ごとに並べたり、収まった背表紙の色合いが綺麗に見えるように、何時間も格闘して、自分だけの本棚を作った。

だって、その方が見た目もいいし、目当ての本を探しやすいじゃん。

「この棚ってさ、どうして、作者とか出版社とか、そういうのでまとめたりしてないの」

不思議に思って、しおり先生に訊ねたことがある。すると、しおり先生は黒縁眼鏡の奥の眼を、少し不思議そうにぱちぱちとまたたかせて、笑って言った。

「それはね、本と出逢うのに必要なのは、誰が書いたものかとか、どこの会社が出しているかとか、そういうことじゃないからよ」

「けど、作家さんの名前は？　同じ人の書いた本を読みたいって思ったら？」

「そのときには、もう本との出逢いを終えているでしょう？　作家順に並んだ書架で探せるはず。あとは、あおちゃんの本棚に収めたときに並べてあげてちょうだい」

よくわからない。でも、この棚は、どんな本を読んだらいいのかわからない子たちが、タイトルだけで心にピンと来た本と出逢うための場所なんだろう。

いま、あたしの目の前には、日焼けして何度も昔から読まれたんだろうなっていう名作っぽい小説が、瞳が大きくて可愛い女の子のイラストに挟まれてちょっと窮屈そうにしていた。両手に花ってやつだ。男の子ならいいんじゃないと思ったけれど、この子は女の子みたいだった。だって、手に取って表紙の絵を見ると、女の子が読みそうな雰囲気の本だったから。

新学期に、初めて借りる本はこれがいい。

あらすじを読むこともなく、直感で決めてしまった。

受付に持って行くと、奥のパソコンに顔を向けていたしおり先生が振り返った。

「あ、あおちゃん、決めた？」

「これにします」

日焼けした本を差し出すと、先生は黙ってそれを受け取り、けれどにこにこ嬉しそうに微笑みながら、貸し出し手続きをしてくれた。先生はあの棚にある本だったり、自分が読んだことのある本を生徒が借りに来ると、いつも嬉しそうに笑う。前に、どうして、そんなに嬉しそうな顔をするの、と訊いたら。

「だって、自分が好きな本を、好きになってくれるかもしれないんだよ」

だからって、嬉しいものなのかなぁ。あたしには、ちょっとその感覚はわからなかったけれど、幸せそうに微笑むしおり先生の顔は、けっこう好きだった。

「それじゃ、帰ります」

「はい。お疲れ様でした」

先生に頭を下げて、図書室を出る。下校時間なので、図書委員のお仕事は終了だ。仕事といっても、受付に居座って本を読んだり、先生の仕事をちょこっと手伝ったりしたくらい。いつも居心地がいいから、当番じゃなくても、ついつい来ちゃう。

廊下を歩きながら、肩に掛けた鞄の中へ文庫本をしまいこんだ。既によれよれな感じだったけれど、鞄の中で擦れて皺ができないよう、教科書と教科書の間に挟んでおく。

ほとんど人気のない廊下を歩いた。電灯が消されて、暗くなっている教室の前を通り過ぎたせいだろうか、それに気づくと少しばかり心細さを感じる。まさかお化けが出るだなんて、そんなことを想像したわけではなかったけれど。

突然、大きな声があがった。

びくりとして、肩が跳ねる。

もちろん、小説で読む物語と違って、なにか事件が起きたわけじゃなかった。ただ、耳に痛いくらい大きな笑い声をあげながら、女の子たちが階段を降りてきただけ。三人の女子が、きゃはははと大声ではしゃぎながら、肩を叩いたり、肘でつついたりして、じゃれ合っている。ただそれだけのことだった。けれどその無駄に大きい声は、どうしてなのか、あたしの身体を居心地悪くさせてしまう。

なにがおかしいのか知らないけどさ、そんな大声あげちゃって、ばっかじゃないの。

彼女たちの背中を睨みつけながら、歩く速度を遅くして、その三人組が通り過ぎるのを待った。それから、その中に見知った顔が交じっていたことに気がつく。一年生のとき、同じクラスだった三崎さんだ。

どうしても、あたしは彼女のことが苦手に思えて、たまらない。

＊

二年生になった際のクラス替えは、やっぱり運に見放されたままだった。一年生のときも、どうしようもなく運がないと思ったけれど、それは今年になっても変わらないみたいだ。相変わらず、小学校のときに仲の良かった子とまったく一緒にならない。

でも、まぁ、べつにいいかなって思う。どうせみんなみたいにげらげら笑うのって苦手だし、一人でいる方が気が楽だもの。あたしは本さえ読めればそれでいいよ。貴重な休み時間を、ばかみたいなおしゃべりで消費するのってもったいない。というか、みんなのレベルに合わせて会話をするのってすごく疲れちゃう。そんなことに貴重な時間を割くくらいなら、読書をするよ。だって、なんだかあたしたち、とても同じ生き物だって思えない。

「佐竹さんは、あたしたちとキャラが違うもんね——」

けらけらはしゃぐのは、そういうことができる人たちの特権だと思う。去年の春に三崎さんに言われた言葉は、本当にその通りだと思った。いったい、どういう流れで彼女たちと一緒になったのかはよく憶えてない。たまたま、理科の実験かなにかで組むことになって、いつの間にか話の輪に取り込まれてたんだと思う。あたしは、ああいう子たちの空気って苦手だ。なに考えてるのかわからないし、みんなに合わせておしゃべりするのは難しい。だからちょっかいを出されて、反応に困ってしまったんだと思う。うまく笑えないし、俯いちゃうし、面白いこと言えないし、声も小さくなっちゃうし、とにかく彼女たちと違って、あたしはみんなに気を使うので忙しい。あなたたちは周囲の人に気遣いすることなんて、まったくないんでしょうけれど。だから、「ちょっと、佐竹さん困っちゃってるでしょーっ」って言われて、本当にその通りだなと思った。それを聞いて、リーダー格の三崎さんが言った。だよねぇ、佐竹さんは、あたしたちとキャラが違うもんね。

「キャラ違うってなに。陰キャってこと。エリってばひどーい」

みんなにげらげら笑われてしまった。どうしてか爆笑されて、教室中の子たちが笑っているような気さえした。とにかく、そのとき顔が熱くてたまらなかったのはよく憶えている。顔が熱くなって、眼が痛くなって、そうして瞼を開けていられなくなった感覚は、教室でみんなの馬鹿笑いを耳にする度に、今でも甦ってくる。

そうね。そうだね。陰キャ。わかるよ。陰気な感じ、するんだろうね。みんなとうまく話せないし、俯いちゃうし、笑えないし、読書ばっかりしてるもんね。それに対して三崎さんたちは違うよね。明るくて、うるさくて、元気で、運動ができて、とにかく人生楽しそうだよね。陽キャってやつだよ。あたしみたいに、本を読んで現実逃避する必要ないくらい、現実の世界が楽しいんだろうね。いいことだと思うよ。

とにかく、そのときから三崎さんたちのことが苦手になった。なるべく眼を合わせないように、教室ではますます俯いて過ごすようになった。耳に届く彼女たちの笑い声が神経を逆なでするから、休み時間に教室で過ごすことはなくなった。でも、大丈夫、あたしには図書室がある。しおり先生がいて、同じように読書が好きな図書委員の仲間たちと、ゆるく繋がっていることができる。そこで過ごす時間はとても尊くて、だからあんなにやかましい教室であたしが過ごす必要なんてどこにもないんだ。

二年生になってから、三崎さんたちとはクラスが別になった。今の教室も相変わらずうるさい子たちばかりが支配しているけれど、三崎さんたちと比べればまぁまぁ大人しい方だとは思う。それに、あたしの世界は図書室がすべてで、ああいうおばかな子たちは図書室とは無縁なわけだから、やっぱりあたしとは関係がない。そんなわけで、あたしの日常は平穏になったはずだった。

＊

ゴールデンウィークが明けたときのことだ。

当然のことなのかもしれないけれど、教室は朝から連休の話題で持ちきりになっていた。どこへ遊びに行ってきただの、友達となんの映画を見に行っただの、浮ついた空気がくすぐったくて気持ち悪い。なんなの、自分が連休にどこへ遊びに行ったかなんて大声で話して、いったいなんになるっていうの？　その話、オチがあるの？　あたしだって家族で温泉旅行に行ったけれど、すんごい退屈だったし、渋滞がすごかったし、おしっこ漏れそうで詰んだと思ったし、でも漏らさなかったし、わざわざ誰かに話すようなことなんてなにもなかったよ。すごいよね、そういうオチのない退屈な話を、わざわざ友達に披露しちゃう無神経な感性っていうのが、ちょっと信じられないよ。

お昼休み、やっとの思いで図書室へ逃げ込んだら、そこでもゴールデンウィークの話で盛り上がっていてうんざりしてしまった。しかも、お弁当を食べ終えたあとにやって来た図書委員の子が旅行のお土産をこっそり配ってくれて、あたしはクッキーの小袋を手にしたままそれの処理に困っていた。

図書室では飲食が禁止されているので、いつもお昼のお弁当はしおり先生の居城である司書室で食べる。それは図書委員のちょっとした特権だったのだけれど、ひとたび仕事の開始を告げられると、あたしたちはそこから追い出されてしまう。あんまりだらだらと長居をするのは、きっと問題があるんだろう。

お弁当を食べ終えて、既に司書室から追い出された今となっては、わざわざクッキーを頬張るためにそこへ戻るわけにいかない。普段は穏やかで優しいしおり先生も、いったん怒らせると別人かっていうくらい、めちゃくちゃ怖くなるのだ。仕方なく、あたしはそれをスカートのポケットにねじ込んで、どうしたものかと受付の椅子に腰掛けていた。先生はパソコンと睨めっこしていて、仕事に集中し始めている。大谷（おおたに）さんたち他の図書委員の子たちは、しばらくテーブルのところでじゃれ合っていたけれど、いつの間にかいなくなっていた。みんな、教室でお弁当を食べ終えた時間帯なのか、図書室へやってくる子の姿がちらほらと増えてきたけれど、受付に用事のある子の姿は見えない。

けれど、図書室の入り口に見知った顔を見つけて、思わずぎょっとした。

そこに、いるはずのない子の姿があったからだった。

三崎さん、だった。

陽気で明るく、声が大きくて、あたしとはまるで違う世界に生きている子。

彼女は図書室の入り口から顔を覗(のぞ)かせて、周囲にきょろきょろ眼を向けているところだった。なにか本でも探しに来たんだろうか。いやいや、ありえない。だって、彼女に読書を楽しむ知性があるようには見えないんだもの。あの子が自分から本を読んでいるところなんてまったく想像できない。なにせ、朝の読書時間に雑誌を持ってきて怒られた子なんだから。

そんな子が、なんだってこんなところに来るんだろう。

こうして一人きりでいる彼女を見るのは、初めてのような気がした。なんとなく、いつもより元気がないというか、大人しい印象だった。肩を落として、不安そうに図書室を眺めると、書架の方へ向かうわけでもなく、テーブルに腰を下ろした。怪訝(けげん)に思ってると、そこからの行動で呆気(あっけ)にとられてしまった。彼女は肩に掛けていた鞄を開くと、オレンジの布巾に包まれた箱状のものを取り出したのだ。どう見ても、お弁当箱だった。布巾をほどき、やっぱりというか、中から現れたお弁当箱の蓋(ふた)を開ける。お箸を取り出し、手を合わせて、唇が動くのが見えた。

たぶん、いただきます、と言ったんだと思う。

「あらら」

苦笑交じりの声が、肩越しに届く。振り返ると、すぐ後ろにしおり先生が立っていて、三崎さんの方を困った表情で眺めていた。先生が呟く。

「ここ、飲食禁止なんだけれどな」

「ほんと、ばっかじゃないの」

「あおちゃん、注意してきてよ」

「え」

言葉に詰まって、先生を見上げる。

「なんで、あたしが……」

「あおちゃん、図書委員でしょう」

さも当然のことだ、と腰に手を当てて、しおり先生が言う。

確かにあたしは図書委員だけれど。それを言ったら、あなたは学校司書さんで、ちゃんとお給料をもらってるんじゃないの？　それはあなたの仕事のうちじゃないわけ？

「いや、でも、あたしは、ちょっとパス」

「どうして？」

「どうしてって……。苦手なの、ああいう子」

「お友達？」

「友達なら苦手なんて言わないよ」

「じゃあ、どうして？」

「とにかく、だめなものはだめなの。相性が悪いの。食い合わせが悪いものって世の中にごまんとあるじゃん。水と油なの。酢豚とパイナップルなの」

「ふぅん」

　納得してくれたのかどうか、しおり先生は、わたしは酢豚にパイナップルは好きだけどなぁ、と首を傾げながらカウンターを出て行った。先生は三崎さんになにか声をかけたようだった。たぶん、ここは飲食禁止ですよ、とそのまんまのことを伝えたんだと思う。すると三崎さんははっとして、ぺこぺこ頭を下げ始めた。慌ててお弁当箱に蓋をして、その場を片付け始める。まぁまぁ、と落ち着かせるみたいに先生が手を上げたけれど、三崎さんは鞄にお弁当箱を押し込んで、ものすごい勢いで図書室から出て行ってしまった。その背を見送って、しおり先生がこちらへ戻ってくる。首を傾げて、なんだか浮かない顔をしていた。

「どうして、こんなところでお昼を食べようとしたのかな」

　ばかだからじゃない？

　そう答えようとしたけれど、口が悪いと怒られる気がして、あたしは黙った。

＊

それからも、連日のように三崎さんは図書室へやって来た。

奇妙な話だった。あたしが一年生だった間、三崎さんの姿を図書室で見かけたことは一度もなかった。それなのに、いったいどんな心変わりがあったのか、お昼休みだけじゃなく、放課後にすら彼女は図書室に姿を現すようになった。

お昼休み、三崎さんはあたしたちが司書室でお弁当を食べ終えた頃にやってくる。ふらふらと書架の間を歩き、雑誌の類を手に取って、テーブルでそれを退屈そうに捲りだす。たいていの場合、それはゆるふわな思考回路を持ってる子が好きそうなファッション誌だった。そのページを捲り続けて、授業が始まるギリギリの時間に帰っていく。放課後にも、彼女はまっすぐ図書室にやってくる。やっぱり同じ雑誌を捲って、ときどき図鑑の類を眺めたりして、三十分くらい過ごしてから帰っていく。勉強をするわけでも、小説を読むわけでもない。いったいなにをしに来ているのか、本当にわけがわからない。

耳をつんざくような笑い声をあげるわけでもなく、ひとりきりで静かに過ごす三崎さんの姿は、なんだか新鮮で不思議な絵面だった。だから、改めて眺めていると気づくこともある。たとえば、三崎さんが黙ったまま、俯き加減に雑誌を眺めているところは物憂げで、ツヤツヤとした髪が長いから、黒縁の眼鏡でも掛ければ、文学少女風に見えるかもしれない。ほんのちょっと、しおり先生みたいに見えなくもないと思った。まぁ、読んでる本がファッション誌の時点で文学少女失格なんだけれど。

「あおちゃん」

三崎さんが帰ったあと、受付のカウンターでぼけっと頬杖をついていたら、しおり先生にそう呼びかけられた。

「どうしたの。読書もしないで、珍しいね」

「ちょっと考え事してただけ」

「ふぅん?」先生は眼鏡の奥の眼をまたたいて、不思議そうに首を傾げた。それから、手にしていたノートを差し出してくる。「あおちゃん、暇ならこれに答えてあげてくれる?」

先生が差し出したのは、『おすすめおしえてノート』だった。なんの変哲もないよくあるノートに、図書委員の先輩が親しみやすい文字とカラーペンで飾り付けたものだ。普段はカウンターに置いてあって、自分がこういう本を探してて読みたいと書くと、しおり先生や図書委員が答えてくれるようになっている。もちろん、図書室の利用者がオススメしたい本のことを書くのもオッケーで、秘やかに文字だけの交流がそこで繰り広げられている。先生は最後のページを開いていた。あたしはそれを受け取って、書かれている内容に目を通す。少し硬質な印象を受ける丁寧な文字で、こう書かれていた。

『女の子が主人公のお話を読みたいです。でも、恋愛、部活、友情、そういうのは苦手です』

「あおちゃん、趣味が合いそうじゃない？」

先生の言葉に、あたしは鼻を鳴らす。まぁ、確かにそうかもしれない。これは物語の要素を全否定するような、難しいリクエストと言えるのかもしれなかった。しおり先生は、だいたい図書委員の読書傾向を把握していて、あたしがどんな本が好きなのかも知っていた。これは、あたしが答えるのに最適な質問だろう。

いい趣味、してるじゃん。

「思いつくものある？」

「うーん」

普通の子だったら答えられないかもしれない。だって、だいたい女の子を主人公にした小説って、ほとんどが恋愛ものだし、そうでなければ部活のこととか友情のことが描かれている。そうでない作品なんて、あったとしても普通の子は読んだりしないだろう。けれど、あたしには何冊か心当たりがあった。ペン立てからシャーペンを取り出し、ノートを広げてカウンターに向き直る。数冊の候補の中から、どの本を、どんなふうに紹介したら、興味を持ってもらえるだろう？　そんなふうに考え込んでいるところを、しおり先生は候補がまったく思いつかないのだと勘違いしたのかもしれない。

「先週、あおちゃんが借りていったやつはどう？　近くなかった？」

「ああ、あれね……。ううーん、あれは好きじゃなかった」

「あ、そうなんだ。残念」

しおり先生は頬に手を当てて、首を傾げた。わかりやすく眉尻が下がっている。

「でも、どうして？　あおちゃん、好きな本だと思ったのになぁ」

「どうしてって」

そう問われると、首を傾げてしまう。あたしはちょっと考えて答えた。なんだか、しおり先生があまりにも残念そうな表情だったので、きちんと理由を説明しておかないと悪いと思ったのだ。

「なんていうか……、あたし、結末がはっきりしないお話って苦手なんだと思う」

小さく頷いて、先生はあたしの隣に腰掛けた。眼鏡の奥の優しい眼差しが、言葉の続きを待つように、あたしのことを捉えた。

「あの本の短編って、どれも最後はぼかして終わってるでしょ。なんか、卑怯だよ。主人公がどういう行動を取ったのか、その結果はどうなったのか、なんにも書いてない。ハッピーエンドなのかもしれないし、バッドエンドなのかもしれなくて、そういう、丸投げされてる感じが苦手」

手にしたシャーペンを、くるくると回転させながら、読書のときに感じた不満を語る。

すると、先生はくすくすと笑い出した。

「なに」

「ううん。前に似たようなことを言った子がいたなぁって」先生はそう言って、頷いた。

「あおちゃんの言う通り、確かにそうかもしれないね」

「先生は、どうしてああいうのが好きなの」

「うーん、そうね。たぶん、それがきっと、本を読むことの魅力の一つ、だからかなぁ」

わけがわからない。思わず眉が寄って、先生を見てしまう。

「だって、そこにどんな結末を描くのかは読み手の自由なのよ。物語がどう終わるのか、そのあとどうなったのか、すべて読み手の価値観に委ねられていて、わたしたちの心を試しているような感じがするでしょう」

するでしょう、なんて言われても、まったくわからない。

「物語の主人公を幸せにできるかどうかは、わたしたちの心しだい。それはつまり、わたしたち自身を幸せにできるかどうかも、わたしたちしだいってこと」

ときどき、先生はこういうわけのわからないことを言う。あたしの、その不審げな気持ちがありありと表情に出てしまったんだろう。先生は気恥ずかしそうに苦笑いをした。

「ごめんごめん。気にしないで。あくまで、先生の感想だから」

少し席を外すから、お願いね、と言って彼女は図書室を出て行ってしまう。

もう遅い時間なので、図書室に人の姿はほとんどない。ぽつんと放置されてしまったけれど、『おすすめおしえてノート』にペンを走らせるのなら、一人きりの方が集中できる。見当をつけていた中から、二冊を紹介することを決めて、その物語の魅力について簡潔に書き込むことにした。

この、ひねくれた趣味を持った質問者は、どんな子なのだろう。質問する人間も、回答する人間も、名前を記入するかどうかは自由で、この質問にはもちろん、名前が書かれていなかった。

＊

あまりの睡魔に、あくびを噛み殺す。

昨日、読んだ本がとても面白かったので、ついつい夜更かししてしまった。今日は図書委員の当番ではなかったから、こうして放課後にカウンターに居座る必要もなかったのだけれど、なにか面白い本でもないかなぁって本を借りに来たついでに、先生に留守番を任されてしまった。さっきまでブッカーがけの作業を手伝っていた図書委員の女子が、カウンターの少し離れたところで読書をしている。書店のカバーがかかっていたので、私物だ。あの紙の質感は、ラノベに違いない。どんなのを読んでいるのか、ちょっと気になる。同じ二年生の間宮（まみや）さんで、司書室でしおり先生とご飯を食べるときに一緒になったりもするけれど、あんまり話をしたことがない子だった。趣味が合うのなら、仲良くなりたいなって思うけれど、でも違ったら困っちゃうから、話しかけることができない。

ちらちらと、間宮さんに眼を向けていたせいで、気がつくのが遅れてしまった。

「あの」

顔を上げると、すぐ目の前に、ここのところよく観察していた人間が立っている。

三崎さんだった。

ぎょっとして、心臓が跳ね上がる。なんなの、いったいなんの用事？　ついに宣戦布告にでもやって来たの？　あんたたち陽キャが、陰キャの聖域を占領しようって算段なの？

「本を借りたいんだけれど、どうしたらいいの」

「え、あ、えっと」

混乱気味に、カウンターを振り返る。こういうときに限って、しおり先生の姿はまだ見えない。間宮さんは読書に夢中で、こっちに気づかないふりでもしているみたいだった。他の一年生も、奥で掲示物を作る作業をして、背中を向けている。

「それじゃ、その、本と生徒証を――」

彼女が持っている本に眼をやって、言葉を途切れさせた。思わず呟いてしまう。

「それ」

あたしの言葉に、三崎さんは不思議そうな顔をした。

「借りられない?」

「えと……。そうじゃなくて」

彼女が持っていた本は、あたしがリクエストに応えて、『おすすめおしえてノート』に記した作品の一つだった。地味なタイトル、地味な装幀(そうてい)、地味なあらすじと三拍子揃っていて、この本を自分から手に取ろうと思う人間なんて、まずいないだろうと思える本だった。著者の名前だって『さ行』なのかと思ったら『た行』を探さないとダメだったりして、とにかく探し出すのは難しい。それなら、三崎さんがこの本を手にしている理由は、一つしかない。

「あれ、三崎さんだったの」

「あれ?」

彼女は眉間(みけん)に皺を寄せて、少し難しい表情をする。

「えっと、その、あれ」

あたしは、カウンターに置かれているノートを指し示した。すると、気がついたのか彼女は少し驚いたふうに眼を開いて、それから俯いた。

「えっと、うん」

もしかしたら、恥ずかしかったのかもしれない。せっかく匿名で書いたのに、こうしてバレてしまったら、たぶん気まずくなる。

「あ、ごめん、えっと、これ、勧めたの、あたしで」

「そうなんだ」

彼女は俯いたまま、顔を上げない。会話終了。気まずい沈黙がやってきて、あたしは必死になって続ける言葉を探す。結局、黙ったまま貸し出し手続きをした。本の上に彼女の生徒証を載せて、それを差し出す。

「はい。期限、二週間だから」

三崎さんは黙ったまま頷いた。彼女が本を受け取って、あたしの指先からその質量が去っていく瞬間、慌てて付け足した。

「よかったら、感想、聞かせて」

振り絞るみたいにこの喉から出てきた声は、ここが教室だったら、たちまち騒々しさでかき消えてしまうほど弱々しいものだった。

けれど、言葉は奇跡的に届いたみたい。

「うん」

三崎さんは、手にした本を胸に押し当てるようにして頷く。

心なしか、その口元が笑っているように見えた。

あたしは、本を渡すために立ち上がった姿勢のまま、図書室を去って行く彼女の背中を黙って見送っていた。緊張のせいか、それとも別の原因があるのか、心臓の鼓動がうるさく音を立てて、耳の奥にまで響いている。どきどき、していた。久しぶりの感覚だった。掌に汗が湧き出て、胸が苦しくなり、頬が熱くなる。夢中になって、物語のページを捲るときのよう。心躍る冒険に、主人公と共に旅立つときみたいな、そういう不思議な感じがした。

気に入ってくれると嬉しいな、と思った。

「だって、自分が好きな本を、好きになってくれるかもしれないんだよ」

しおり先生の言葉の意味が、ほんの少しだけ理解できた気がした。

＊

翌日も、そして、その翌日も図書室で三崎さんの姿を見かけた。

手にしているのは、これまで同じテーブルに広げていたファッション誌ではなくて、あの本だった。それを開いて、静かにページの上へと眼を落としている。俯いた横顔と、伏せた眼差しが、頬に掛かる黒い髪で少し隠れている。地味な装幀の本を手にしたせいで、今度こそ、文学少女といった雰囲気だった。

けど、残念ながらページを捲る手は遅いみたい。あの小説、あたしは一日で一気読みしてしまったけれど、彼女の読書スピードはお世辞にも速いとは言えない。そんなんじゃ、読み終えるまでどれくらいの時間がかかると思っているんだろう。読んだ感想を耳にできるまで、何日かかるだろう。

「今日も来てるよ」

ある日、お昼休みにカウンターで頬杖をついていたときだった。

相変わらず遅々とした手つきでページを捲る三崎さんの姿を盗み見ていたら、後ろの方、カウンターの内側から声がした。小さな声だったけれど、あたしの嫌いな種類の声に、耳は鋭く反応してしまった。

「噂（うわさ）、ほんとなんだね」

「知ってる？　お昼、トイレで食べてるらしいよ、友達が見たって」

「うわぁ、不潔。完全に人生詰んでるじゃん、それ」

カウンターの内側にいたのは、図書委員が推薦する本のために、手書きのポップを書いている間宮さんたちだった。あたしは肩越しに、噂話に興じる彼女たちの視線の先を追いかけた。そこには、テーブルで黙々と読書をしている子の姿があった。いつもお昼になると必ず、みんながお弁当を食べ終えたあたりの時間にやって来て、息を殺すみたいに身を潜め、そして去っていく三崎さんだった。

しおり先生の姿がないのをいいことに、間宮さんたちは噂話を続けていた。この頃、しおり先生は忙しいみたいで、あまり姿を見かけない。いつもは司書室で一緒にお昼ご飯を食べるのだけれど、最近は司書室を開けてはくれるものの、どこかへ姿を消してしまうのだ。だから、間宮さんたちは周囲の視線を気にすることなく、噂話に興じる。

あたしは間宮さんたちの話を耳にしながら、彼女たちが語るそのあらすじを、自分なりに解釈していた。これまでだって、なんとなくそうかもしれないって思っていたから。

きっと三崎さんは、戦争に負けたんだろう。その諍い（いさか）が、なにを発端として起こったものなのかはわからないけれど、戦力差は圧倒的なものだったに違いない。教室での居場所を失った彼女は、安息の場所を求めてさすらった。悪意という弾丸の雨にさらされない場所を求めて、毎日を過ごす必要があったんだ。

いちばん困るのって、たぶんお昼ご飯を食べるときだ。教室という地雷原の中でご飯を口に入れられるほど、彼女は図太い神経を持っていなかったんだと思う。初めて図書室にやって来たとき、テーブルでお弁当を広げようとした彼女のことを思い出した。今は、どこでご飯を食べているんだろう。間宮さんたちが噂をする通り、本当にトイレの中で食べているんだろうか？

「佐竹さんも、関わらない方がいいよ」

不意に、間宮さんたちにそう言われた。

驚きに心臓を跳ねさせながら、読書する三崎さんから視線を外す。まばたきを繰り返して、こっちを見ている間宮さんたちを見返した。

「この前、あの子と話してたでしょう」

三崎さんが、本を借りに来たときのことを言っているのだと思った。そういえば、あのとき間宮さんはすぐ近くで本を読んでいた。

「べつに、貸し出し、しただけだし」

言い訳がましく、そう言う。

「そうだろうけど、あの子と口利くと、同じ目に遭っちゃうらしいからさ」

「そんな、おおげさな」

「あたしたちも、巻き込まれるのごめんだから」

そう宣告する間宮さんの眼を見て、その言葉の意味を理解した。

少しでも三崎さんと関われば、戦争に巻き込まれる。銃弾の雨が降り注ぐようになって、その戦火はこの図書室にも及ぶことになるのかもしれない。間宮さんたちはそれを避けたいと思っている。もし、あたしが三崎さんと少しでも口を利いたのなら、裏切り者と罵るのだろう。その場合、この図書室から追い出されることになるのは、あたしなんだと思った。

「大丈夫だよ。べつに友達とかじゃないから」

「それなら、いいけどさ」

「ていうか、ああいうの、あたし苦手なタイプだから」

ごまかすように、そう言って笑う。

すると、間宮さんたちは驚いた顔をした。悲鳴すら零しそうになって、あたしの後ろを見ている。なんだろうと振り返ると、そこに三崎さんの姿があった。

あたしたちの顔を見て、彼女は少し不思議そうな顔をしている。話していることは、伝わらなかったんだろう。三崎さんは、手にあの本を持っていた。あたしと眼が合うと、彼女は少しだけ息を弾ませて、言葉を続けた。

微かに頬を紅潮させて、瞳をきらきら、輝かせながら——。

「佐竹さん、あたし、読み終えたよ。これ、勧めてくれて——」

よりによって、今なの？

なにも聞きたくなかった。

なにも知りたくないし、なにも見たくない。

あたしは俯いて、カウンターの右の方を指さした。

「返却、そこの台に置くだけでいいから」

早口でそう言って、三崎さんの言葉を遮った。

彼女を見ないように、間宮さんたちに眼を向ける。固唾を呑んで見守るような眼差しだった。大丈夫だよって笑いたいけれど、うまく笑えない。それでも、あたしは裏切り者にならない。裏切り者になんてならないから、あたしからこの場所を、奪ったりしないで。

三崎さんが、なにかを言っている。

あたしの意識は、それを耳から追い出した。あまりにも小さな声で、聞こえなかった。

「あたし、忙しいから」

あたしがそう言うと、まるで逃げるみたいに、三崎さんが図書室から飛び出していく。

あたしは、それを見ないふりをした。

これでいい。これでいいんだ。だってあたしたち、そもそも違う生き方をしてるもの。

酢豚とパイナップルみたいな、食い合わせの悪い食べ物なんだよ。

何度も何度も、自分に言い聞かせた。

「あおちゃん、どうしたの？」

しおり先生が戻ってきて、そう訊ねてくる。あたしは、どんな顔をしていたんだろう。

不思議そうに、あるいはどこか心配そうに首を傾げた先生に、あたしは笑って答えた。

「べつに、なんでもないよ」

＊

退屈な毎日を、影のように息を殺して生きていく。

あたしのことなんて、誰も気にかけない。青春を謳歌する景色に囲まれながら、手にした文庫本に眼を落とす。それは、いつもとなにも変わらない日常だった。話をしてくれる友達なんていないけれど、そんなのは物語があれば必要ない。それでも、この場の窮屈さに息を詰まらせ、深海を潜って泳ぐように、先の見えない日々を生きていかなくてはならないことに変わりはない。だから、お昼休みと放課後はあたしにとっての楽園だった。深い海から顔を出して、新鮮な空気を吸い込むことが赦される時間。図書委員で良かったと思う。図書室がなければ、しおり先生の司書室がなかったら、だって、あたしにはお弁当を食べる場所すらない。トイレの個室に籠もってご飯を食べるなんて、そんなのはあんまりだ。本当に、あんまりだよ。

だから、あたしはあの場所を護らなければならない。間宮さんたちと敵対して、それを失うわけにはいかなかった。正しい選択をしたはずだ。それなのに、どうしてだろう。憂鬱で、たまらない。

その日は、しとしとと雨が降っていた。梅雨の季節が近づいて、図書室はどこかじめじめとした空気に汚染されていた。そのせいなのだろうか、今日の図書室はあまり人気がなくて、とても静かだった。何人か、テーブルに向かって勉強をしているらしい子の背中が見えるだけ。図書委員は、カウンターで頬杖をつくあたしの他には誰もいない。

「どうしたの、あおちゃん」

　しおり先生の声に、ぼんやりと顔を上げた。

　会議から帰ってきたらしい先生が、入り口の扉を開けて、あたしのことを眺めている。

「どうもしてないよ」

「そう？」先生は首を傾げた。それから、笑って言う。「今日みたいな雨の日は、絶好の読書日和（びより）よ。本を読まなくちゃ」

「なら、なにか面白い本を教えてよ」

　カウンターに突っ伏しながら、少し甘えた声を出してそう訴えると、先生はひとさし指を顎先（あごさき）に押し当てて、「そうねぇ」と声を漏らした。それから、先生のお気に入りの本が集う小さな書架に向かって、じっと棚を見つめだす。

「これなんかどう？」

　そう言って先生が取り出したのは、あたしも一度、気になってあらすじを確かめたことのある本だった。

「それ、部活ものなんだもの。パス」

「あおちゃんは贅沢だなぁ」

先生は唇を尖らせて、顔をしかめた。本を棚に戻し、うーんと唸る。

「それじゃ、この本はどう？　わたしが高校生の頃に読んだ話なんだけれど、タイトルが素敵で――」

書架の本に指を伸ばしながら、先生が口にしたタイトルは、確かに素敵なのかもしれなかったけれど、明らかに恋愛ものであることが理解できるものだった。

「恋愛ものもパス」

「ぶう」

先生は頬を膨らませる。

その様子が可愛くって、あたしはカウンターに突っ伏したまま笑った。

「参ったな。あおちゃんの要求に適うものは、もうだいたい紹介し終えちゃったから」

あたしは身体を起こして、書架を睨んでいる先生の横顔を見つめる。先生は眼鏡の位置を片手で直してから、別の書架の方へと視線を向けた。

「それじゃ、推理小説とかはどう？　わたし、大好きな作家さんがいて――」

「殺人事件は嫌い。嫌だよ血なまぐさい」

「ああ、もう、本当に贅沢ね」

先生は恨みがましそうな表情で、じろりとあたしのことを見た。

それから、くすっと笑って訊いてくる。

「あおちゃんは、どうして、恋愛小説とか、部活ものの小説とか、そういうのが苦手なの？　先生、もったいないって思うな。苦手だからって、本を開きもしないのは」

「苦手なものは苦手なの。仕方ないじゃん」

「本はね、読んでみなければ、どんなことが書かれているのか、わからないの」

「そりゃ、そんなの、当たり前じゃん」

「そうね」先生は笑う。それから、並んだ書架を一つ一つ確認していくように、優しい眼差しを浮かべて言う。「でもね、ここに並んでいる本は、みんな誰かに読んでもらいたくって、ずっとこうして書架に収まりながら、手に取ってくれる人を待っているのよ」

あたしは、つられて先生の視線を追いかけた。

図書室に整然と並んでいる重厚な書架たち。

そこに収められている色とりどりの背表紙。

窓に雨が降り注いでいるせいか、その景色はなんだか寂しげに見えた。

「窮屈な書架に閉じ込めてしまって、ちょっと申し訳なくなっちゃう。こうして、背表紙が並んでいるだけの景色じゃ伝わらないけれど、みんなどれも個性的なの。綺麗な装幀に包まれて、素敵な名前をつけられて、どれ一つとして、同じものなんてない」

先生は書架の一つに歩みを進めて、そっと本の背に指先を這わせていく。

その手つきは、ピアノの調べを奏でるときのように、不思議で魅力的なものに見える。

まるで、本という楽器の音色を、確かめているみたいに。

「自分の思った通りに書かれている本なんて、どこにもないのよ。自分に合わないだなんて読む前から決めつけて、ページを捲ることをしないのはもったいないじゃない。同じ色ばかりで揃った書架なんて、つまらないわ。色とりどりの背が収まった自分だけの書架は、きっとあおちゃんの心を豊かにしてくれるから」

そういうものなのだろうかと、しおり先生の言葉を耳にしながら、ぼんやりと考えた。

古めかしい書架に収められた無数の本。開くまで中身のわからないその宝石箱は、でも、ずいぶんと窮屈な場所に押し込められていた。一つ一つ背が違って、一つ一つ素敵な名前がつけられているというのに、このままだとよくわからない。

それは、なんだかあたしたちのことみたいだと唐突に感じた。

その発想は電流みたく脳髄を刺激して、びりびりとあたしの身体を痺れさせていく。

窮屈な教室に押し込められ、どんな名前がつけられ、どんな装幀で飾られているのか、確かめることが叶わない物語たち。そのままだと、どんな本なのかわからないから、だからときどき、しおり先生は書架から本を抜き出して、装幀が見えるように飾るのかもしれない。今も先生は指を這わせた先にある本を、ときどき抜き出しては、表紙を確かめ、中身を開いて、愛おしげにそのページに視線を落としている。

書架に収められている本が、誰かに読まれることを待っているのだとしたら。

あたしも、誰かに読んでもらいたいのだろうか。

三崎さんも、誰かに読んでもらいたいって、考えたことがあるのだろうか。

しおり先生は、少し席を外すからお願いねと告げて、図書室を出て行った。あたしはいつものようにカウンターの内側に一人取り残されていた。しとしとと雨音が響く図書室の静けさの中で、あたしはのろのろと立ち上がる。どうしてか、なにか物語を読みたいと猛烈に感じた。一冊の本を胸に抱いて、その質感と匂いを感じたいと欲求した。背の高い書架の前まで歩いて、ぼんやりとそれを見上げた。

あたしは、きっと誰かにあたしを読んでもらいたい。ほんの僅かな間でもいい、そのひとさし指でこの背に触れて、窮屈な書架から抜き出してほしかった。この装幀を、確かめてもらいたかった。あたしという物語を、好きになってほしかった。

拳を握り締めて、書架に背を向ける。のろのろとした速度で、図書室を歩いた。ほんの少し向こうにあるテーブルまでの距離が、妙に遠く感じられる。あたしは、そこで本を捲って寂しそうにしている女の子の背を見つめた。けれど、と感じて足が止まる。だって、あたしたちは違いすぎる。あたしが、あなたのことを苦手だって思うみたいに、あなたもあたしのこと、苦手って思っているかもしれない。それでも、知っていることはあった。知らないふりをしていたことがあった。あたしのことを陰キャって笑う女の子たちを見て、あなたは困った顔を浮かべていた。そんなつもりで言ったんじゃないとその戸惑った瞳が語っていて、けれどあたしはどうしてもあなたたちが赦せなくて、一緒くたの書架に押し込めてしまっていたんだ。

足が止まる。息が苦しい。汗が噴き出て、引き返したくてたまらなくなる。けれど、今なら先生が教えてくれた言葉の意味がわかるような気がした。あたしたちを幸せにできるかは、あたしたちしだいだ。物語の行く先は、自分で決めなくちゃいけない。すべては自由だ。それなら、あたしはこの胸の書架に、素敵な本をたくさん収めておきたい。あたしが好きな本を、好きになってくれた人と、話をしてみたかった。

あたしは、その背に指を伸ばす。

そうして、ゆっくり、一冊の本を書架から引き抜いていった。

しおりを滲ませて、めくる先

あなたの将来の夢を書きなさい。

その無味乾燥な言葉を前に、わたしは思索を巡らせていた。

将来、未来、夢、やりたい仕事。それらから連想できる言葉を見つけ出そうとしたとたん、わたしは急激に現れたまっしろな空間に、放り捨てられたような気持ちになる。

すぐ近くの席で、男子たちが騒いでいた。村井君が、ゲームクリエイターになるのだと書いたらしい。今月のはじめ、わたしでも耳にしたことがあるくらい、すごく有名なゲーム会社二つが合併したとニュースでやっていたのを思い出した。最強のゲーム会社がタッグを組んだので、これから最強のゲームができるはずだと、いつも男の子たちが眼を輝かせて口にしている会社だ。村井君は、そこで働くのが夢らしい。

二つ前の席では、有川さんを女の子たちが囲んでいた。どこの席でも、進路希望調査用紙になにを書き込んだかの話題で持ちきりだった。有川さんはモデルになりたいと書いたらしくて、一年生のときから彼女を取り囲んでいる女の子たちが、リサなら絶対になれるよとはやしたてていた。けれど有川さんは、そううまくことが運ぶわけはないから、きちんと勉強をして大学に入って、ファッション関係の会社で働けるようになれたら、それでいいと堅実なことを言っている。

わたしはといえば、こうしてお昼休みの時間に入ったというのに、顎に指先を押し当てたまま、机の上に載っているプリントを呆然と見返すことしかできなかった。

だって、本当になにも想像できない。

どうしてみんな、そんなふうに未来のことをたやすく信じることができるんだろう。自分が大人になれるって、そう無条件で思い込めるみんなが、羨ましい。

でも、だからわたしは欠陥品なのかもしれない。だって、みんながそうして楽しそうに発する声音は、わたしの胸を締めつけてこの眼を眩ませようとする。吸っている空気が違うみたい。たぶん、わたし一人だけ、太陽の光に灼かれる吸血鬼として、この世に生まれてきてしまったから。

鈴木先生は、お家の人とよく相談して、今月中に提出するようにと告げていた。今度実施する職場体験学習とやらの参考にするらしい。わたしは鈴木先生の鋭い眼差しと、よく通る声が苦手だった。どちらも力強くて、重たく感じる。朝礼のときなんて、マイクは要らないんじゃないのっていうくらい声に力がある。一部の子は、そんな鈴木先生のことをハム子先生と呼んでいた。由来はよくわからない。多少は太っているかもしれないけれど、ハムに見えるほどじゃないと思う。

長く指先を押し当てていたからだろう。顎に爪が食い込んで、ちくりと痛かった。用紙を折りたたんで、ポケットに入れる。わたしに対して、そこになにを書き込んだのかを訊ねる子はいない。誰もわたしの未来に関心なんてない。わたしもそうだ。他の子の未来のことなんて、どうだっていい。同じように、わたしの未来ですらわたしはどうだっていい。

鞄を手に、希望に満ちた教室を抜け出る。

男の子たちが騒々しく走り抜ける廊下を、黙って歩いた。

階段を降りて廊下を突き進んでいくと、みんなの喧噪はいつの間にか遠くへと追いやられていく。この場所には、光も声も届かない。校舎の裏側にあって、電灯もついていない薄暗い廊下の先に、その隠れ家はあった。

傾いたプレートには、かすれた文字でただ一言、こう記されている。

図書室。

電灯が故障した室内は薄暗く、扉を開けたとたんに埃とかびの臭いが鼻をつく。並んだ書架たちはひっそりと佇んでいて、傍らに落ちた影にはなにか得体の知れない怪物でも隠れていそうな雰囲気が漂っていた。書架から溢れた書物がテーブルや床に堆く積まれていて、ファンタジーの漫画に出てくるみたいな崩壊した塔を乱立させている。誰もそれを片付けようとしないのかもしれない。ここはまるで墓場だった。陽の光に灼かれる吸血鬼が住んでいても、不思議はない。

そう。

この場所は、なんだか死んでる感じがする。

もちろん、こんなところを訪れる生徒は、わたしくらいのものだった。施錠と解錠は増田先生がしているようだけれど、ときどき鍵が掛かったままになっていることもある。電灯は故障したままで幽霊が出そうだし、古くて退屈な本しかないから利用する子もほとんどいない。図書委員なんて名ばかりのもので、仕事はしなくていいことになっている。管理している増田先生に、とにかくやる気がないのだ。学校のすぐ近くに大きくて綺麗な市立図書館があるから、みんなもあまり不便に感じてないと思う。

閉められていたままのカーテンを開いて、ほんの少しだけ光を入れた。それから、真ん中の大きなテーブルに着いて鞄の中からお昼を取り出す。お昼といっても、みんなとは違っていて、お母さんが作ってくれるお弁当じゃない。途中のコンビニで買ったサンドイッチだ。本当はこんなところでご飯を食べたらいけないのかもしれないけれど、怒る人なんてどこにもいない。ここには厳めしい鈴木先生の声も眼差しも届かない。休み時間でも、お昼休みでも、そして放課後でも、火傷してしまいそうな教室の明るさから逃れて、わたしはここで息をつく。この場所の死んだような静けさを、不気味だと感じる子はいるかもしれない。けれどわたしにとって、ここは安息の場所だった。

ここでなら、誰からも変な目で見られることはない。グループからあぶれてしまうことも、お弁当じゃないなんて可哀想とささやかれることも、あの子はズル休みばかりしてると、そう嗤われることもない。

　いつの間にか、手にしていたツナサンドはお腹の中へと消えていた。毎日、同じものを食べているせいだろうか、最近は、美味しいとかまずいとか、そういうことを感じる暇もなく、気がついたら食べ終えてしまう。でも、たまごサンドは嫌いだし、ハムサンドは味気ない。だいたいハムって、ハム子先生のことを連想しちゃうし、食欲がなくなっちゃう。だからといっておにぎりは喉を通りにくいときがあるから、結局いつもツナサンドに落ち着いてしまう。

　コンビニの袋へゴミを入れて、持ち手を結ぶ。それから、鞄の中から漫画を取り出した。もう何度も読んでいる話だったけれど、他の漫画を買うお小遣いはあまりないし、お昼休みが終わるまで退屈だったから、仕方がない。いつものことだった。いつものように、ここへ避難して、お昼を食べて、漫画を読んで時間を潰し、安息のときを満喫していく。仕方がない。結局、二年生になっても、わたしは欠陥品だった。いまさら、他の子と同じように振る舞えるはずなんてない。

　漫画のページを捲って、しばらくしたときだった。

　なにか、音がした。

　重たいものが崩れるような音だった。最初は、カウンターに積まれた本が傾いて雪崩でも起こしたのかと思った。驚きに怯える心臓を押さえながら、そちらの方へと眼をこらす。けれど、なにかが崩れたような様子は窺えない。ここに入ったときと同じ景色のように思えた。気のせいかもしれないと、漫画のページを再び開いたとき、背筋が凍りついた。

人がうめくような声が、聞こえてくる。

確かに、幽霊が出そうな場所だとは思っていた。けれど、これまで何ヶ月もずっと、ここは平穏な場所だった。ただ陰気で薄暗く、かび臭いだけの場所だったのだ。それが、どうして。

思わず、腰を浮かせていた。心臓がどくどくと鳴っているのがわかる。わたしはうめき声が聞こえてきた方へと視線を向ける。やっぱり、さっきの音がした方向と同じだった。カウンターの向こう。司書室と書かれた扉には鍵が掛かっていて、そこには誰も入れないはずだった。けれど、うめき声はそこから聞こえてくる。霊感なんて、自分にはぜんぜんないって思ってたのに、間違いなく、そこになにかがいる気配がする――。

突然、その扉が開いた。

「うー……、いたたた……」

現れたのは、女の人だった。

顔をしかめて、腰をさすりながら、扉から出てくる。

「あら？」

それから、わたしの方を見て、不思議そうに大きな眼をまたたいた。

「あなた、こんなところでどうしたの？」

そう問われて、わたしは混乱していた。間抜けに口を開けたまま、女の人を見返す。

少なくとも、幽霊ではなさそうだった。

けれど、見たことのない女の人だ。年齢は、けっこう若く見える。たぶん、二十代とか、三十代とか、それくらい。でも、化粧の力って凄まじいから、あんまり自信はない。白いブラウスに、長くて地味なスカート。黒髪を白いシュシュで後ろに纏めている。この学校に、こんな先生はいないはずだった。

こっちこそ、こんなところでどうしたの、と言いたい気分になる。けれどわたしが口を開くより早く、彼女は言った。

「あ、なるほどなるほど、もしかして、図書委員さん？　この学校にも、きちんと図書委員がいるんだね。よかったぁ。一人じゃ片付けるの、ちょっと大変だなぁって思ってたんだ」

わけがわからない。

わたしは一人で納得している彼女へと、ようやくの思いで声を発した。

「あの……。えっと、どちら様、ですか」

なんとも情けない質問になってしまった。

「あ、ごめんなさい。わたしったら」

女の人は眼をぱちくりとさせて、微笑んだ。

「わたしはね、塚本詩織といいます」

それから、腰に手を当てて、胸を反らす。

えへん、という声が今にも聞こえてきそうなポーズで、彼女は言う。

「なにを隠そう、この学校にやって来た司書なのです」

わたしはあぜんとしたまま、得意げにそう告げる彼女を見ていた。うまく理解が追いつかない。彼女は首を傾げて笑った。

「あなたは？　図書委員さん？」

「えっと……、二年の真汐です。真汐凜奈。いちおう、図書委員、ですけれど……」

「真汐さんか。よろしくね」

「えっと、先生は」わたしはそこで言い淀んだ。司書と名乗った彼女を、先生と呼ぶべきなのかどうかよくわからない。けれど彼女は、うん？　と首を傾げてわたしの言葉の続きを促す。先生と呼んでも支障はないのかもしれない。「ええと……。先生は、どうして、ここに」

「わたしはね、今年度から、この図書室のお世話をさせてもらうことになったの。ほら、ここって、ぜんぜん人の手が入っていないでしょう。電灯だって壊れちゃってるみたいだし、こんなんじゃ、ここにある本が可哀想だよね。みんなだって、本と接する機会が遠のいちゃう。そんなの、すっごくもったいないじゃない」

それで彼女は、今朝から書架の整理をしていたのだという。司書室を片付けていたところ、積み上げていた段ボール箱を崩してしまい、危うくその下敷きになりかけてしまったと、塚本先生は笑う。さっきのうめき声は、そのせいらしい。

「じゃあ……。もしかして、これから、毎日、ここに来たりするんですか」

「そうだよ」先生は頷いた。「まずは大掃除をして、書架を整理して、それから、みんなが読みたくなるような新しい本をいっぱい入れないとね」

そんなの、困る――。

動揺が、表情に出たのかもしれない。

塚本先生は不思議そうにわたしを見た。

「真汐さんも、手伝ってくれる？」

わたしは先生の視線から逃れるみたいに俯く。

「でも、どうしていきなり。司書なんかいなくても、誰も困ってなかったし」

「学校の図書室には、きちんと本の面倒を見られる人にいてもらいましょうって、そういうルールがあったのね。今年から、それをきちんと守らないとだめになったんだ」

それでやって来たのがわたしなのです、と塚本先生は再び胸を反らして言った。

どうしよう。学校がそう決めたのなら、ただの生徒であるわたしなんかに逆らえるはずがない。途方に暮れてしまった。だって、それはつまり、これから毎日、塚本先生がこの図書室に出入りするということだ。それだけじゃなくて、もしこの死んだ場所が息を吹き返し、利用者が増えていくことにでもなってしまったら。

「そうだ。先生、真汐さんに手伝ってほしいことがあって——」

わたしはテーブルの上の鞄を摑んで、彼女の言葉を遮るように言った。

「すみません。そろそろ戻らないと。友達と約束してるから」

もちろん、そんなのは嘘っぱちだった。

わたしは鞄の中に漫画本を押し込みながら、わけもわからず図書室を飛び出す。

明日から、わたしはどこでお昼を食べたらいいのだろう。

＊

翌日のお昼休みは、教室でサンドイッチを食べた。

けれど、頑張れたのは一日だけ。どうしても、自分が奇異の眼差しにさらされているように感じて、耐えられなくなる。少しでも教室の他の子たちと眼が合うと、たくさんのことが脳裏を過っていく。彼女たちはわたしを見てなにを考えているのだろう。たとえば、きっとこんなことを思っているに違いない。どうしてあの子はいつも一人なの？　一年生のときズル休みをいっぱいしたって本当？　お昼休みに一人きりなのは、友達がいないから？　楽しげにけらけらと笑う声は、いつしか想像の中で、わたしを憐れんで嘲笑する声へと変わっていた。

わたしはどこまでも、太陽の光に焦がされてしまう吸血鬼だと思った。

誰からも見られたくない。ただ息を潜めて、ひっそりと生きていたかった。

だから、次の日はお昼休みになるとすぐ教室を抜け出した。廊下を早足で歩いて、わたしだけの安息の地へと向かう。校舎の端の薄暗い廊下の奥。かすれた字はそのままだったけれど、図書室、と記されたプレートは、もう傾いてはいなかった。

ためらって、扉を開ける。

室内には電灯がついていて、まるで別世界みたいなその眩さに、眼が眩んでしまう。

「あら、真汐さん」

書架へ運んでいる最中だったのだろう。分厚い本を何冊も抱えて、塚本先生が笑う。

「こんにちは」

わたしは蚊の鳴くような声と共に会釈をした。

「手伝いに来てくれたの？　あ、それとも借りたい本がある？」

「えっと、その」

わたしは言い淀みながら、図書室の景色を見渡した。

まだ積み上げられた書物の塔は残っているし、まだまだあちこちが埃っぽい。それでも、ここはもう、わたしの知っている場所ではなくなってしまったのだと思った。

先生はたくさんの本を抱えたまま、わたしを見て首を傾げている。

なんだか、無邪気な表情だと思った。わたしのことを責任感の強い図書委員だと思い込んでいるのかもしれない。

どうしたらいいだろう。

このまま、回れ右をして教室に戻ったところで、息苦しい時間を過ごすだけだろう。面倒だし、億劫だったけれど、神経を磨り減らしながら退屈するよりは、気が楽かもしれない。

「その……。少しだけでいいなら、手伝います」

わたしがそう言うと、塚本先生はぱっと表情を明るくした。

「わ、ほんとう？　ありがとう！」

荒廃した墓地の只中に、きれいな花が咲くみたいに。

先生は、とても嬉しそうにそう笑うのだった。

＊

その日から、少しずつ塚本先生の仕事を手伝うようになった。

書架から溢れている本を片付けて教えられた棚に戻したり、埃まみれの床を掃いてまわったり。正直、貴重なお昼休みの時間と、退屈な授業から解放される放課後を、どうしてそんな面倒なことに使わなければならないのだろうとも思う。けれど、不満を示すわたしの渋々といった表情は、塚本先生には通じないらしい。ありがとうね、と笑いかけられると、なんだか拍子抜けしてしまう。大人なのに、子どもみたいな顔をする先生だと思った。

まぁ、べつに、他にやることなんてないから、少しくらいなら手伝ってあげても構わない。でも、そもそも力仕事は苦手で、毎日はさすがにきついかもしれない。

この場所の本が整理されて、埃が取り除かれて、どんどん光を浴びていく様子を見るのは、なんだか少し、じりじりと肌が焦がされていく感覚に、似ている。

ある日、司書室に埋もれていた本を抱えて、書架の方へと運んでいるときだった。

塚本先生曰く、こんな図書室でもこれまでに本を買う予算はきちんとあって、増田先生が適当に見繕ったものを購入していたらしい。けれど、きちんと配架されることなく、司書室に眠り続けていたそうだ。あまりにもずさんな管理で、それってどうなのと思わなくもない。運んでみて気がついたのだけれど、本ってけっこう重い。ハードカバーや図鑑とかが交ざっていると、非力なわたしには抱えるだけで一苦労だった。面倒だから一気に運んでしまおうと、欲張りすぎたのかもしれない。よろめいて、バランスを崩してしまった。足がもつれて、床に積まれて放置されていた古い書籍の塔に躓く。悲鳴をあげる暇もなく、わたしは盛大に転んで本をひっくり返してしまった。

「大丈夫?」

慌てた様子で、塚本先生が駆け寄ってくる。屈み込んだ彼女が、わたしの肩に触れた。

「大丈夫、です」

自分の身体可愛さに、遠慮なく本を放り投げて、きちんと尻餅をついたからだろう。ほんの少しお尻が痛かったけれど、べつに怪我をしたわけではなかった。ハードカバーの本が足の甲にでも落ちていたら危なかったかもしれない。

「すみません、ばらばらにしちゃって」

「怪我がなければ、それでいいよ」

先生は安堵したみたいに、ほっと笑う。

二人で、放り出してしまった本たちを拾い上げていった。

「あれ？」

けれど、本を拾い集めている途中、落ちたものを見て、わたしは変な声を漏らしてしまう。

「どうしたの？」

膝をついた姿勢のままで、先生が首を傾げた。

「これ、なにかなって」

わたしが拾い上げたのは、一枚の古びた便箋（びんせん）だった。

年月の経過を示すように、微かに黄ばんでいる。

「手紙？　なにかの本に、挟まってたのかしら」

先生は拾い集めてテーブルに重ねた本へと眼を向けた。わたしが蹴飛ばしてしまったものの中には、書架に収まりきらず、ずさんに積まれてあった古い本も交ざっている。その中の一冊に挟まっていたものなのかもしれない。わたしは手にした便箋を開いた。

書かれていた綺麗な文字に、目を通す。

『未来のわたしは、夢を叶えることができていますか？』

そんな言葉で始まるそれは、一通の手紙らしかった。

長い文面ではなかったけれど、夢や希望に満ち溢れた文章だと思った。そこには、彼女が女優になる夢を抱いているということ、それに向かって努力していきたいと決意していることが書かれていた。どうして女優を志したのか、どんな女優になりたいのか。未来のわたしは、夢を叶えることができていますか、と、手紙はそう問いかけて締めくくられていた。末尾には、手紙を書いた子の名前が記されている。二年B組加藤公子(きみこ)。日付もある。びっくりしたけれど、その日付は二十年近く昔のものだった。

「未来への手紙だ」

いつの間にか、肩越しに塚本先生が手紙を覗き込んでいた。先生のシャンプーの匂いがする。わたしは眼を細めて手紙を読んでいる先生の横顔を盗み見た。

「未来への手紙？」

「タイムカプセルよ。もしかしたら、そういう授業があったんじゃないかな。未来の自分に手紙を書くことで、将来、自分がどんな人間でありたいのか、イメージを固めるの」

「それがどうして本の中に挟まってたの？」

「さぁ、いつか取りに来るつもりだったのか、うっかり本に挟んだまま、忘れちゃったのか……。封筒に入っていないから、その可能性が高いかもね」

「未来への手紙ね……」

あなたの将来の夢を書きなさい。

無味乾燥に綴られたその文字が、手にした手紙に重なるみたいにして、浮かび上がる。

どうしてみんな、そんなふうに、未来のことに希望を持てるのだろう。

子どものときに抱く夢なんて、叶うはずがないのに。

それどころか、わたしは自分が大人になれるイメージすら、まったく湧かない。

だって、こんな欠陥品の人間に、どんな未来が待っているっていうんだろう。

古びた手紙は、指先に少し力を加えるだけで、ぐしゃりと歪んでしまいそうだった。

「わざとここに隠してたんだとしたら、絶対に夢は叶ってないですよね」

「あら、どうして？」

「この人は、夢が叶わなかったから、恥ずかしくて取りに来られなかったんだと思います」

「そうかなぁ」

わたしの意見に、先生はどこか不服そうにしながら、天井を見上げた。

「だって、女優とか、なれるわけないじゃないですか」

「真汐さんってば、夢がないことを言うね」

「絶対そうですよ」

先生は頬を膨らませ、唇を尖らせた。

「そんなこと、ないと思うけれどなぁ」

どちらにせよ、夢が叶ったかどうかなんて確かめようがない。

念のため、手紙は塚本先生が保管しておくという。

わたしは落ちていた最後の一冊を拾い上げて、立ち上がる。

「今日は、そろそろ教室に戻ります」

手紙の主は、未来の自分がどんな人間になっているかを訊ねていた。夢を叶えることができているかと。もし自分が未来への手紙を書くとしたら、わたしは問いかけるまでもないだろうと思った。夢なんか抱いたところで、叶うはずがない。大人にだって、なれるかどうかは怪しい。だって、学校を何日も休んで、せっかく四月から新しいクラスになったのに、なにひとつうまくいっていない。きっとこのまま、出席日数が足りなくて、ろくな高校に入れず、みんなに馬鹿にされて、留年とか繰り返して、大学に行けず、仕事を見つけるのにも苦労して、ひきこもりになったりして。

だから、もしかしたら。

わたしって、もしかしたら、未来には生きていないのかもしれないなと、そう思った。

*

「そうだ。凜奈ちゃん、お昼ご飯は？　いつもどうしてるの？」

それから、何日か経った頃のことだった。

例のごとく本を運ぶ作業が一息ついて、もう少しでお昼休みが終わってしまうというとき、唐突にそう訊かれた。いつの間にか、凜奈ちゃん、と呼ばれるようになっている。

「えっと、来るまでに、食べてます」

どうして、そんな嘘をついてしまったのだろう。

教室で食べることのできる居場所のない、可哀想な子なのだと思われたくなかったのかもしれない。先生の仕事を手伝うようになってからは、お昼休みの僅かな残り時間に、空き教室でこっそりサンドイッチをかじっていた。

「ほんとう？　そんな暇ある？」

「パンなので」

気まずくなって視線を逸らすと、漫画みたいなことが起こった。

わたしのお腹が、罪を告発するみたいに、大きく鳴ったのだった。

思わず、顔が赤くなる。わたしは慌てて先生を見上げた。

「その、今日はまだで」

そう答えると、先生は微かに首を傾げて、朗らかに笑った。

「それなら、今日は先生と一緒に食べようか」

「ここはだめだけれど、あそこならいいよ。ほら、おいで」

そう言って、先生はカウンターの奥にある司書室へと向かった。蝶番(ちょうつがい)の錆(さ)びついたドアの向こうは、意外なことに畳が敷かれていた。奥には本がたくさん詰まった戸棚があって、その前面の半分以上をなにが入っているのかわからない段ボール箱が塞(ふさ)いでいる。真ん中にはちゃぶ台があって、パソコンがどっしりと載っかっていた。

「上履き脱いで、上がってね」

「お邪魔します」

先生の家に招かれたわけでもないのに、妙に緊張してしまった。ここが先生の部屋だとしたら、あまりにも窮屈で狭苦しい。畳に上がると、その独特な匂いが鼻をくすぐった。けれど、ほんの微かに芳香剤みたいな、心地よい薫りも漂っている。

先生はくたびれた座布団を敷いてくれた。それから、隣り合うように座って、パソコンのキーボードをどかす。彼女が取り出したのは手製らしいお弁当箱だった。対して、わたしが鞄から取り出すことのできたものは、コンビニのサンドイッチ一つだけ。

物欲しそうな眼を、していたつもりはなかったのだけれど。

先生が、優しく笑う。

「凛奈ちゃんも食べる？」

「大丈夫です」

わたしはサンドイッチの封を開ける。

「遠慮しなくていいよう。いつも手伝ってくれてるんだから」

「大丈夫です。ダイエット中なので」

「ふぅん」

訝しげに見られてしまう。

その眼差しから逃れるように、わたしはサンドイッチにかじりついた。

先生のお弁当箱はとても小さかったけれど、中身は美味しそうだった。おかずは上品なくらいに小さなサイズのものばかりなのに、白米の真ん中に載っている梅干しだけ、すごく大きくてアンバランスだ。彼女はそれを美味しそうに頬張りながら、いろいろなことを話してくれた。

先生はこの学校に来るまで、よその中学校で働いていたのだという。図書室を管理するだけじゃなくて、担任としてクラスを受け持っていたらしい。こう見えても国語の先生の資格があるんだよ、と彼女は誇らしげに顎を上げて言う。本年度は司書の仕事に集中するため、授業を受け持つことはないらしいけれど、彼女のことを先生と呼ぶのは間違いではなかったのだ。

それから、訊きもしないのに先生は好きな小説や作家のことを語った。有名な昔の文豪の名前にまじって、現代で活躍しているという作家の名も入っていたらしいけれど、わたしはまったくそういうのに詳しくないし興味もないから、サンドイッチの最後の欠片(かけら)を呑み込むのと同時に記憶から消えてしまう。

「なに、凛奈ちゃんは小説とか好きじゃないの？」

「あんまり興味ないです」

「図書委員なのに」

先生は唇を尖らせて不服そうに言った。

「そんなのくじで決まっただけです」

一年生のときはそうだった。二年生でも、成り行きで押しつけられてしまった。まぁ、おかげで、図書委員だからという名目でこの場所に通うことができたのだけれど、塚本先生の登場で、それも危うくなってきている。

わたしは、いつまで、この場所に通えるのだろう。

いつまで、生きていられるんだろう。

「読書が好きじゃないのに、どうしてここに来るの？」

「それは、静かなので……」痛いところを突かれて、わたしは俯いた。「漫画を読むのに、丁度いいんです。先生たちに見つかって怒られることもないから」

そう言ってしまってから、はっとした。塚本先生だって、先生なのだ。他の先生たちと同じように、学校に漫画を持ってくるなんてと肩を怒らせながら、みんなの前でわたしからそれを取り上げようとするかもしれない。

あの子、先生に怒られたから、しばらく休んでいたんでしょう。

うわぁ、それってただのズル休みじゃん……。

「あの――」

「え、どんな漫画読んでるの？　先生にも教えてよ」

けれど、塚本先生は怒ったりしなかった。それどころか、眼を輝かせてわたしに視線を向けてくる。呆気にとられてためらっていると、先生は続けた。今度は訊きもしないのに、自分が好きな漫画のことを語りだしてしまった。

先生がどんな漫画を読んで育ち、少年ジャンプの連載でなにを楽しみにしているのかというそんな話を耳にしながら、わたしはやっとの思いで声を発した。

「えと……、先生も、漫画を読むんですね」

「そうだよ」先生は不思議そうな顔をした。「物語なら、なんでも読むよ」

大人が漫画を読むだなんて、なんだか意外だった。

先生はお弁当箱を片付けながら言う。

「そうか、でも、それじゃ、凜奈ちゃん、漫画を読むために、ここに来ていたのか」

「えっと、まぁ……」

「それじゃ、これまでのんびりできていたのに、いきなり先生に仕事を押しつけられるようになって、わたしのこと、邪魔だなぁって思ってるでしょう？」

笑いながら、そう言われてしまう。

「ええと、まぁ、その」

わたしは口ごもりながら頷く。先生は笑った。

「そうかぁ。うーん、そうね、確かに校則じゃ、漫画は駄目だからね。でも、図書室で読むぶんには、わたしは構わないよ。他の先生には秘密だけれど」

「いいんですか？」

「でも、その代わり、図書委員として先生の仕事を手伝うこと」

ひとさし指を立てて、塚本先生はそう言う。

わたしは少しばかりためらった。これからも毎日、重たい本を運んだり、掃除をしたりだなんて、あまりしたくはないのだけれど。

それから、わたしの返事を気にすることなく、先生はわたしがなんの漫画を読んでいるのか、再び問いただしてきた。どうしてもと請われると、べつに悪い気はしなくなってくる。わたしは鞄を開けて、いま読んでいるコミックスを取り出した。あらすじを簡単に説明すると、先生はとても興味を持ってくれたらしかった。

「ええ、じゃあ先生も読んでみたい」

そんなふうに、子どもみたいな表情ではしゃぐので、わたしも魔が差したのだろう。

「もう何度も読んだので、ちょっとなら貸してもいいですけれど」

「え、ほんと？　やった！」

塚本先生は、まるで少女のように歓声をあげて、そのコミックスを受け取る。

「凜奈ちゃんは？　小説とか、読まないの？　お礼に、おすすめ、貸してあげようか？」

「小説ですか？」

「読んでみようよ。図書委員なら、文学を読まないとね」

無邪気な勢いに、うまい具合に乗せられてしまったような気も、するのだけれど。

「まぁ、いいですけれど……」

気がつけば、わたしはそんなふうに答えていた。

＊

その日から、わたしと塚本先生の、奇妙な読書交流が始まった。

わたしが、先生におすすめのコミックスを貸す。すると、それを読んだ先生が、「あの漫画が好きなら、凜奈ちゃんはこういうのが好きじゃない？」と、書架の中から小説を選んでくれる。わたしがそれを読んでいる間に、先生はわたしが新しく紹介したコミックスを読む。そういう具合だった。

先生が教えてくれた小説は、どれもやさしくて面白いものが多かった。持っている漫画はすべて読みつくしてしまっていたから、わたしにとっては新鮮な体験だった。図書室で仕事を手伝いながら、あるいはお昼ご飯を先生と一緒に食べながら、感想を言い合うのも悪くはない。漫画じゃないから、朝の教室でそれを読んで時間を潰していても、鈴木先生に怒られることもない。今度は先生にどんな漫画を紹介しようか考えるのも楽しかったし、次はどんな小説を教えてくれるのか、図書室へ通うのが待ちきれなくなってしまうくらいだった。

まぁ、もちろん、先生のチョイスも完璧ではなくて、ときどき合わないなって感じる小説に出くわしてしまうこともある。

「うーん、あの本は、あんまり好きじゃなかったです」

その日も、段ボール箱に不用な本を詰めながら、先生が貸してくれた本の話をしていた。図書室の書架には限りがあって、新しい本を入れようとすると、どうしても溢れて廃棄しなくてはならない本が出てくるのだという。古くて、陽に灼けていて、かび臭い本を、わたしは一つ一つ段ボール箱の中に入れていく。

「どうして？」

先生は古い書架の前に立って、不用な本を選別していた。片手にクリップボードを持っていて、なにかを書き込んだり、書名を照らし合わせたりしているようだった。どの本を棄てるのかには基準があったり、校長先生の許可が必要らしいから、その類の書類を見ているのかもしれない。

わたしは、昨日読み終えた短編集のことを思い出しながら言った。

「なんか……、どの短編も、物語の結末がぼかされてる感じがして」

先生は手を止めて、わたしを見た。

「どの話も、ちょっと希望を感じるような気はするんだけれど、しっかりしたことが書かれてないんです。なんか、この先の未来はどうなるのって。一歩を踏み出した感じで終わるけれど、それで本当にうまくいくのかなって。たとえば、最初の短編とか、ここで恋が叶って、恋人同士になったとしても、きっと途中で別れちゃうんじゃないですか。中学生の恋なんて、きっとそんなものですよ」

「凜奈ちゃんは」

先生は、どこか寂しそうにわたしを見て言う。

「未来に対して悲観的なんだねぇ」

それから、仄かに笑った。

どうして、先生がそんなふうに優しい笑顔を浮かべるのか、よくはわからない。

けれど、先生の言う通りかもしれないと思った。

わたしは、未来に対して、悲観的だ。

不安ばかり、抱いている。

自分が大人になれるなんて、欠片も考えられない。

絶対に、うまく生きられないって、知っているから。

だから、そんなふうに物語の結末をぼかされてしまうと、どうせうまくいかないよと、そうひねくれた考えをしてしまうんだろう。

「書かれていないことは、凛奈ちゃんが自由に決めていいんだよ。それが、物語に想(おも)いを馳(は)せるってことだよ」

「それなら、やっぱり失敗ですよ」

わたしはうめくように言って、段ボール箱に本を詰め込んでいく。眩(まぶ)しい陽に灼かれて、くたびれてしまった本は、ひどくかび臭い。なにかを零したあとで汚れ、ページの端がかすれていて、できることなら、触っていたくない。死体のような書物。

わたしみたいだと、そう思った。

最後は、誰からも拒まれて、こんなふうに、棄てられてしまう。

そういう未来しか、どうしても、想像ができなくて。

だって、わたしには、なんにもない。

「この前の手紙の子だって、夢を追うの、失敗しちゃったんです。そうに決まってる」

「そんなこと、ないかもしれないじゃない？」

先生は少しムキになったふうに言う。だから、わたしもむっとして言葉を返した。

「そうに決まってます」

「それじゃ、確かめてみるっていうのは、どう？」

名案を思いついた、というふうに表情を輝かせて、先生が突拍子もないことを言う。

「確かめるって、どうやって」

「それはわからないけれど」先生は眉をひそめる。「でも、そんなに言うなら、凛奈ちゃん、証明してみせてよ」

「証明って」

どうして、そんな面倒なこと、わたしがしなきゃいけないの。

「あ、じゃあ、こうしようよ」先生はぽんと両の掌を合わせる。「先生と勝負ね。確かめて、手紙の主が夢破れていたら、凛奈ちゃんの勝ち。夢を叶えてたら、先生の勝ち」

どうしてそんな話になるのだろう。

呆(あき)れた思いで、一応訊いてみる。

「勝ったらどうなるんですか。なにかご褒美があるとか？」

「うーん」先生は首を傾げた。難問でも考え始めたみたいに、眉が寄っている。「じゃあ、凜奈ちゃんが勝ったら、可能な限り、先生が言うことを聞いてあげる……、とか？　仕事を手伝わなくても漫画を読んでいていい権利が欲しいなら、それをあげよう」

確かめられるはずがないと思って、適当なことを言っているような気がする。

「それで、先生が勝った場合は、そうだなぁ、凜奈ちゃんには、図書委員としてばしばし働いてもらおうかなぁ。図書委員長になるのってどう？　凜奈ちゃん、いろいろお仕事を覚えてきたでしょう？　もう少ししたら、他の図書委員にもちゃんと来てもらおうと思ってるし、そうしたら、みんなを引っ張ってお仕事を教える係になるのです」

なるのです、と胸を反らして言う先生の言葉を耳にしながら、わたしは密かに呆然としていた。俯いて、先生が語った未来のことを考える。

そう、当たり前のことだった。

いつまでも、この場所は、わたしだけの墓地ではいてくれない。

いつか息を吹き返したとき、図書委員が増えて、他の生徒たちが利用するようになる。

また、みんなから好奇と憐憫の視線を受けて、その熱に灼かれてしまうのだろうか。

そのとき、わたしはどうしたらいいんだろう。

先生と二人きりで、読んだ本のことを語り合う時間は、限られている。

「凜奈ちゃん？」

「先生、なんでも言うこと、聞いてくれるの」

他の図書委員なんて要らないって。

わたしひとりが、図書委員として頑張るから。

わたしの居場所を、奪わないでって。

お願いしたら、聞いてくれる？

「わかった」

わたしは顔を上げて、先生に言う。

「それなら、確かめてみようよ」

＊

手がかりは、まるでないわけじゃない。

名前はわかっているんだし、手紙にはそれを書いた年月日まで記されている。つまり、卒業アルバムとか、そういうのを辿っていけば、なにかがわかるかもしれない。卒業生が女優になったとしたら、昔からここに勤めている先生たちが知っている可能性だってあるだろう。

放課後、わたしは携帯電話の小さな画面に、その子の名前を入力してみた。けれど、加藤公子で引っかかるページはなにもない。ほら、わたしの勝ちだよ、と画面を掲げると、先生は唇を尖らせて言った。

「芸名を使って華々しくデビューしてるかもしれないでしょう？」

ああ言えばこう言う。わたしは携帯電話を閉じて溜息をつく。

「それじゃ、卒業アルバムを確かめてみます。写真見て、すごい美人なら、脈があるかもしれないですから」

けれど、二十年近く前の卒業アルバムなんて、どこにあるんだろう。

この図書室に、あるんだろうか？

「そういうのは、保管庫にあるかもしれないわね。職員室に行ってみようか」

「職員室、ですか」

とてもじゃないけれど、居心地いいとは言えない場所の名前だった。思わず顔をしかめてしまう。

「先生が一緒だから、大丈夫だよ。悪いことするわけじゃないんだから」

わたしは塚本先生に連れられて、職員室へ向かった。なにも悪いことをしていないはずなのに、職員室へ近づくにつれて、どうしても俯き加減に廊下を歩いてしまう。

「失礼します」

ぼそぼそと声を漏らして、職員室へ入った。他の先生たちと眼を合わせないように、塚本先生の背中についていく。塚本先生が向かったのは、鈴木先生のところだった。厳めしい目つきのハム子先生だ。よりによって、この先生だなんて。わたしは彼女に睨まれないよう、爪先に視線を落とした。塚本先生が、鈴木先生になにかを説明している。

「よろしくお願いします」

と、塚本先生が頭を下げたので、わたしもそれに倣ってぺこりとお辞儀をした。どうやら、保管庫とやらに入るには、ハム子先生の許可が要るみたいだった。

「まぁ、いいですよ。学校の歴史に興味を持ってもらえるなんて、嬉しいことですね」

塚本先生がどう説明したのかは聞こえなかったけれど、ハム子先生は立ち上がった。

「あ、塚本先生」

他の先生が、塚本先生に声をかける。

「はい、なんでしょう」

「今朝の件なんですが――」

なんてことだろう。塚本先生は、そのまま奥の机の方へ連行されてしまった。視線で、あとはよろしくお願いしますね、というサインをハム子先生に送ったのが見えた。よりによって、この厳めしい先生と二人きりにされてしまうなんて、聞いていない。

「それじゃ、真汐さん、行きましょうか」

わたしは蚊の鳴くような声で応えて、居心地悪い心境のまま、ふらふらとハム子先生のあとを追った。こんなことなら、この奇妙な勝負に乗ったりするんじゃなかったと早くも後悔してしまうくらい、わたしは怯えていた。

保管庫は職員室の近くにあって、ハム子先生が鍵を開けた。室内はとても狭くて、スチールの戸棚に書類みたいなのがぎっしりと詰まっているのが見えた。卒業アルバムらしきものも、そこに収まっているようだった。あまり人の出入りがないのか、図書室よりかび臭く感じる。

「それで、何年度のことを調べたいの？」

「えと……」

わたしは、手紙に書かれていた年度を伝えた。ハム子先生が戸棚の前に行き、目的のアルバムへと指を滑らせる。

「あら、この年って」先生は思い出したように声をあげた。それから、アルバムに手を掛ける前に、肩越しにわたしを見て言う。「なにを調べたいの？」

「えと、その」

要領よく説明するのは苦手だった。わたしを一人きりにして、覚えていろよ、塚本先生め、と内心で毒づきながら、たどたどしく説明する。

「本の中に、手紙があって。未来への、手紙なんですけど」

これを書いた人が、いまなにをしているのか、調べたいんです。

どうにか、そう伝えながら、わたしは塚本先生から預かっていた手紙を彼女に見せた。

鈴木先生は、しばらくわたしの差し出す手紙をじっと見ていた。

なにか、怒らせてしまったのだろうかと、不安になる。

「これって」

ようやく、先生が呟く。普段、はっきりとした声で話す彼女にとっては珍しく、それはかすれたような声音に聞こえた。

「あら、やだ……。これ、どこにあったの？」

手紙の文面に眼を落としながら、先生が言う。

「その、図書室の本の中に、挟まっていたみたいなんですけれど……」

「そうなんだ」

それから、じっと手紙に眼差しを注いだまま、鈴木先生は柔らかく笑う。

「この加藤公子っていうのは、わたしのことですよ」

＊

しばらく、呆気にとられていた。

だって、こんな展開、想像もしていなかったから。

鈴木先生は、手紙に眼を落としたまま、納得するように言葉を零す。

「そうね。そうだった。確かに、こんな手紙を書いたかもしれない。確か、図書室で調べ物をして、そのときになくしてしまったんじゃなかったかしら。先生に言われて、もう一度同じものを書かされたんだけれど、なんだか恥ずかしくて、ぜんぜん違う文面にしたような気がするわ」

「えっと、でも、加藤って」

「いやね」先生はわたしを見て笑う。「先生だって、結婚してるのよ」

そうかと、当たり前のことに気づく。それで加藤が鈴木になったんだ。それから、もうひとつ閃(ひらめ)いた。ハム子先生のあだ名の由来だ。公子は、ハム子って読めなくもない。

「そうね。あの頃は、わたし、女優になりたかったのねぇ」

そんな夢を、まるきり忘れてしまっていたみたいに、先生は言う。

それから、じっと手紙を見つめていた。眼をこらしているせいかもしれない。わたしは、肩を小さくするように手紙を読んでいるハム子先生の身体が、ひとまわり縮んでいくように錯覚した。いつもは鋭い眼差しの目尻に、涙が浮かんでいるのを見る。

先生は鼻を鳴らした。

目頭を押さえている先生に、わたしは訊いた。

「先生、悲しいんですか？　子どもの頃の夢を、叶えることができなかったから」

ハム子先生はかぶりを振った。

「いいえ。そんなことないのよ」

先生は笑う。

「確かに、夢を叶えることはできなかったかもしれないけれど、あの頃の自分からすれば、考えもしなかった自分になっているものなんだって……。なんだか懐かしくなっちゃってね」

もうすっかり忘れてしまっていたけれど、あの頃は女優になりたくて仕方なかったのよね。舞台女優になりたくて、劇団に入って練習に明け暮れて。十代の頃は、女優になれなかったらどうしようって、不安で不安で仕方なかった。それ以外の未来なんて、これっぽっちも考えられなかったから。夢を叶えられなかったら、自分が死んじゃうんじゃないかしらって、本気で想っていたくらい。

「けれど、案外とどうにかなるものなのねえ」

そう笑う先生は、悲しみの気配なんて、微塵も感じさせない表情をしていた。

大きくよく通る綺麗な声と、舞台の上から鋭く客席を見渡すようなその眼差しは、むしろしあわせそうな色をたたえている。

「でも、なんだかすごいわね。こうして、本当に未来の自分に届くんだもの。こんな貴重な体験ができるなんて、思ってもいなかったわ。本当に人生って、なにがどうなるか、わからないものね」

真汐さん、ありがとう。

わたしは照れくさくなり、もう調べ物は大丈夫ですと告げて、その場所をあとにした。

＊

図書室に戻って塚本先生に報告すると、書架と睨めっこをしていた彼女は、そうだったんだ、と声をあげて笑った。どうしてか、あまり驚いているようには見えない。わたしはテーブルに肘をついて、作業を続けている先生の横顔を見つめていた。

「確かに、夢は叶わないこともあるのかもしれないわね」

「言ったじゃないですか。たいていは失敗するって」

塚本先生は、わたしを一瞥して微笑んだ。

「でも、未来が考えていたものと違ったとしても、そのときに抱いていた気持ちは、きっと無駄になんてならないと思う。あとで懐かしんで、そのときの思い出に、そっと栞を挟んで読み返したくなるような、大切な時間になると思うわ」

先生は、書架から本を抜き出しながら、歌うみたいに言う。

それはどうだろうと思った。たとえば、わたしが大人になったとして、今という時間を思い返したくなるだろうか。そうは思えなかった。みんなから嗤われて、教室に溶け込めず、悔しくてつらい気持ちばかり抱いているこの時間を、もう一度味わいたいだなんて思えるはずがない。だから。

「そんなの、嘘だよ」

わたしは俯いてうめく。

「そんなことないわ」

「どんなにつらくて、しんどくても？　今がつらくて、絶対に思い返したくないときでも？」

「信じられないかもしれないけれど、いつか懐かしめるときがくる。つらい思い出だとしても、そのときの気持ちを、バネにできるときがくるよ」

先生は、本を抱えて、そう笑う。

わたしは再び俯いた。

そんな日が、そんな未来が、そんな大人になれる自分なんて。

わたしには、想像ができないから。

「先生、勝負、わたしの勝ちです」

わたしはうめく。

「うん。真汐さんの勝ちだ。先生は、どんなお願いを聞いたらいい？」

わたしを、一人にしないで。

わたしは瞼が熱くなっていくのを感じながら、唇を噛んだ。他の図書委員なんて要らないよ。こんなところ利用する人なんて増えなくていいよ。だから、わたしから居場所を奪わないで。ここを死んだままにしておいて。わたしを惨めな吸血鬼のまま、この場所に閉じ込めて、匿い続けて。

先生、今まで黙っていたけれど。

わたし、普通の子と違うんだ。

学校に来るのがつらい。

教室に行くのが苦しい。

みんなに嗤われて、ひどいことをされたく、なかった。

だから。

「もう仕事、手伝いませんから……。だから、ここで、読書する権利、ください」

「うん。わかった。いつまでも、好きなだけ、いていいからね。先生と一緒に、読書をしよう」

わたしは、眼が痒くなったふりをして、手の甲を押し当てた。

見上げると、先生がなにかをわたしに差し出しているのがわかる。

「これは？」

「栞だよ。約束の証」

それは、白くて綺麗な、手作りの栞だった。

「いつかの未来のために、この栞と一緒に、たくさんの本を読んでね。物語は、凜奈ちゃんを裏切ったりはしないから」

＊

いつの間にか、春が終わりそうになっていた。

暑苦しい気温に、額から汗が滲(にじ)みだしていく。

読み終えた文庫本から顔を上げて視線を巡らせると、太陽の光を遮るためのカーテンが、風にゆらゆらと揺れている。そのすぐ近くのテーブルで勉強をしていた女の子が、そのカーテンをちょっとうっとうしそうに見ていた。肩にこすれて、くすぐったかったのかもしれない。

吸血鬼が住んでいた墓地は、いつの間にか徹底的に浄化されてしまっていた。その名残を微塵も残さず本は書架に美しく整列して、詩織先生の掲示物がいたるところを華やかに彩っている。なんだろう。当たり前のことかもしれないけれど、肌を照らす温かさが、思いのほか心地いい。

「せんせー、これどうやるのー」

カウンターの奥で、ブッカーがけの作業をしていた女の子が声をあげる。忙しそうに司書室へ籠もっているらしい詩織先生が、それに応えた。

「凜奈ちゃんに訊いてーっ」

とことこと、一年生の女の子が近づいてくるのを、わたしは待ち受ける。

「真汐先輩、ちょっと教えてほしいんですけど」

「すぐ行くから」

「はい。すみません」

女の子の背中を見送って、わたしは手にした文庫に眼を落とした。

読書だけしていていい権利は、どこへ行ってしまったんだろう。

くすりと笑いながら、手にした栞を挟もうとして、気がついた。

ずっと集中して読んでいたせいだろう。栞を握り締めたまま小説を読み進めていたから、白い栞に汗が滲んでしまっている。いつもそうだった。せっかくの栞が、少しずつ、汚れていってしまう。その痕は、けれど、わたしを見守ってくれている証のような気がして、愛着が湧くから不思議なものだった。わたしはたったいま読み終えた本の、あとで読み返したいと思ったページに、その栞を挟んで立ち上がる。

それから、なんとなく夢想した。

いつか、自分も大人になれるだろうか。そうしたとき、こんなふうに読み返したいと考えた思い出に、そっと栞を挟むときがくるのだろうか。

不安は大きい。未来のことは誰にもわからない。けれど、だからこそ。

物語の結末の先に想いを馳せるように、自分の未来に、ほんの少しだけ、わたしは想像を巡らせていた。

やさしいわたしの綴りかた

読書感想文なんて、だいきらい。

そもそも、読書っていう行為自体が退屈でたまらない。中でも小説なんて、苦痛の極みだと思う。字は小さいし、眼は疲れるし、ページはなかなか減らないし、誰がしゃべってるのかわかんなかったり、読めない字ばかり出てくるし、あんなの時代遅れすぎるコンテンツでしょ。

それなのに、なに？　読書感想文？

読書をして原稿用紙に感想を書けって？

途方に暮れて、教室の机に突っ伏した。顎が痛い。

あたしを悩ませているのは、いじわるで最低最悪ハゲデブ野郎のゴーダが出した課題だった。五冊の課題図書の中から一冊を選んで、原稿用紙三枚以上の読書感想文を書いて提出する。期限は十日後。それまでに、読んで書いて提出しなくちゃなんない。たったの十日間？　三枚以上？　なにそれほんとマジしんどい。そんなに書くことなんかあるわけねーじゃんハゲデブゴーダはなに考えてるの？

ゴーダは言っていた。

「昨今の中学生の、読書への興味関心が薄れていくことは大変嘆かわしい。読書感想文コンクールへ胸を張って作品を応募できるよう、諸君は常日頃から読書感想文を書くという行為に慣れ親しんでおく必要があるウンヌンカンヌン……」

いや、聞き流していたから本当にそう言ってたかどうかはわかんないけど、たぶんそういう感じのことを言ってたと思う。なにが慣れ親しんでおく必要があるだよ、こっちは朝の読書の時間に興味もない本を読んだフリするので精一杯だっつーの。

「あかねさぁー、ゴーダの課題、どの本にするか決めた?」

放課後、そう訊いてきたのはクラスメイトのアイルーだった。

アイルー。有名なゲームに出てくる猫みたいなやつの名前らしいんだけれど、あたしはよく知らない。藍琉(あいる)という画数が多くて書くのが億劫そうな名前で、仲の良い男子たちからアイルーって呼ばれてるのだ。

「まだぁ」

うめきながら返事をすると、ゾンビみたいな可愛くない声が出た。

アイルーは前の椅子に勝手に腰掛けて、あたしを見下ろす。机には、ゴーダが配付したプリントが置かれたままだった。そこにはゴーダが選んだ課題図書五作品のことが書かれている。わざわざパソコンで作ったらしい。本の表紙も載っていたけど、カラーコピーじゃないし、画質も悪いしで、なんだかよくわからない。

「どれもこれも、選びたくなんかないよ。コンクールのやつとかさ、課題図書ってなんでこんなつまんなそうな本ばっかりなの」

大人たちって、どうして退屈な本ばっかり並べるんだろう。あたし、べつに戦争になんて興味ないし、そんなのとっくの昔に終わったことじゃん。円周率のこととかもどうでもいいし、宇宙開発にも興味がない。外国の物語もあたし日本人だからわけわかんないし、うなぎの解説とかお腹が膨れるわけじゃないからまったく興味をそそられない。そういうのがあたしの世界のなんに役に立つの？

「それな、わかりみが深い」

「ホント、もっとさ、あたしたちに関係ある本とか選んでほしいよ」

「たとえば？」

「えっと、そうだなぁ。ユーチューバーになる方法とか、可愛く動画を盛れる方法とか」

「中学生でもできるメイクの仕方とか！」

「読めばわかる食べても太らない方法！」

あたしたちは足をじたばたさせて笑った。

「選ぶのも面倒なのに、感想を書かなきゃいけないなんてさぁ」

「じゃあさ」アイルーが秘密を明かすように言う。「代行サービスを使うのは？」

「代行サービス？」

「ネットで調べたらさ、お金はかかるけど、読書感想文を代わりに書いてくれる会社があるんだって」

「マ？」

あたしは身体を起こした。なにそれ救いの神？

「いくらでやってくれんの？」

「原稿用紙一枚で、だいたい四千円くらい」

「たっか！」反射的に声が出た。大事なことだから二度繰り返す。「たっか！」

「ちな、三枚書いてもらうなら、一万二千円」

「そんなの払えるわけないじゃん。服買えちゃうじゃん。ぼったくりだよ」

「だよねえ」

ほんとどうしよ平八郎の乱だわ……。

結局、本を選ぶことができなくて、そのままアイルーと一緒に帰った。アイルーの家は学校の近くで、あたしんちへ続く道の途中にある。だから一緒に帰るときは、だいたいいつもアイルーが家に入るところを見送ることになる。アイルーの家はあたしんちと違って一軒家っていうやつで、大きくて新築だから羨ましい。夕暮れの道をアイルーの家まで歩くと、見知ったおばさんとエンカした。アイルーのお母さんが、ご近所さんと立ち話をしているところだった。アイルーが、ただいまーって声をあげると、おかえりーって、おばさんがほのぼのとした声をあげて迎える。それから、いつものようにあたしに向けて「あかねちゃんも、おかえりなさい」と言った。おばさんは「良かったら寄っていく？」と言ってくれたけど、昨日も一昨日もお邪魔したばかりだから、さすがに今日は遠慮した。

アイルーと別れて、家までの道を一人で歩く。

マンションの階段を上がって、鞄から取り出した鍵で玄関を開けた。暗くなっていた部屋の明かりをつけて、自分の部屋のベッドに寝転がる。それから、スマートフォンを片手に動画を眺めた。アニメを観たり、ドラマを観たり、あるいは友達がSNSに上げてる一分動画を観たり。しばらくすると夕飯が恋しくなる時間になったので、リビングに行った。テーブルの上に二千円あったから、今日は贅沢にピザを注文。よぶんにピザがもらえるキャンペーンの曜日だった。アニメを一本観終わるときには、配達のお兄さんが来てピザを置いていった。あたしはそれを食べながら、通信制限がかかっているせいで画質の悪い動画を眺めた。

お母さんが帰ってきたのは、夜の十時を過ぎた頃だった。

＊

救いの神は突然やってきた。

なんの話かっていうと、ゴーダが出した課題の話。

いつものようにアイルーと一緒に帰ったとき、うっかり家の鍵を机の中に置きっぱなしにしていることに気がついた。あれがないと家に入ることができないから、明日でいいやというわけにもいかない。アイルーを残して、大慌てで取りに戻った。それで、陽が落ちて薄暗くなっているはずの教室に近づいたときだった。まだ明かりがついていて、おやっと思った。

女の子たちの話し声が聞こえてきた。あたしはなんとなく、教室の入り口で立ち止まって、中の様子をこっそり窺った。女の子が机に向かっていて、なにかを書いていた。その様子を、傍らに立っている子が焦れったそうに眺めている。小沢さんと間宮さんだった。

「まだやるの？　もうほとんど書けてるじゃん」

「うーん、そうなんだけど、なんかしっくりこないんだよね」

「そんなん、どうでもいいのに。さすが図書委員だね」

「そういうんじゃないけど。よし、決めた。これはボツ。もう一冊のやつにする」

「え、他にも読んでたの？」

机に向かっていた間宮さんは、原稿用紙をくしゃくしゃに丸めて、ゴミ箱に投げ捨てた。

「帰ってから書くよ」

二人が別の入り口から教室を出て行く。あたしは入れ替わるように中に入った。なんだろう。思わず隠れてしまった。まぁ、同じクラスなだけで、ぜんぜん交流がないんだから仕方がない。あたし、ああいう地味な子たちとは住む世界が違うから、眼が合ってもなにを話したらいいかわかんなくなって困っちゃうんだよね。

それはともかく。

天のお告げっていうのか、閃いちゃうものがあった。

あたしは、間宮さんたちがご丁寧に消していった電灯をつけて、ゴミ箱に近づいた。丸められた原稿用紙が見える。ちょっとドキドキしながら、それを摘(つま)んで広げてみた。

三枚に重なった原稿用紙だった。

すべてのマスを埋め尽くすみたいな勢いで、びっしりと書き込んである。

踊り出したい気分だった。

これは使える。間宮さんは地味な見た目の通りの図書委員で、ほかに面白いことをすればいいのに、休み時間にわざわざ読書をしていることが多い。たぶん、もうゴーダの課題図書を読んで、感想文を書いたのだ。彼女はこれをボツにして、別の本にすると言っていた。つまり、あたしが彼女のボツ感想文を提出しても、ゴーダにバレることはない。もちろん、字がそのままだとまずいから、うまいこと書き写す必要はある。ちょっと面倒くさいけれど、本を読んだりゼロから感想を考えたりするのと比べれば、大した労力にはなんないはず。

あたしってば、冴えすぎじゃない？

＊

お昼休みのときだ。

教室で、アイルーと一緒にお昼を食べていた。彼女のお昼ご飯はもちろんお弁当で、毎朝おばさんが作ってくれるものらしい。あたしが、アイルーのおかずを一口頂くのを日課にしているものだから、おばさんもそれを見越して、少しだけおかずの量を増やしてくれるようになった。アイルー一家には頭が上がらない。もちろんあたしはスクールランチで、冷えたそれをとっくに食べ終えてしまっている。

話題の動画のことで盛り上がって、それが一段落した頃に、ゴーダの課題の話になった。

「あかね、もう決めた？　早くしないと、目当ての本、図書室からなくなっちゃうかもって」

あたしは、ふっふっふ、と笑みを漏らす。

アイルーはちょっと不思議そうな顔をした。

「どした？　頭打ったか？」

「違う。作戦があるの」

わざと声を小さくして、彼女に顔を寄せる。

アイルーも空気を読んで、顔を近づけてきた。彼女の使っているボディスプレーとお弁当が奇跡のコラボレーションとなって、ちょっと吐きそう。

あたしは、捨てられていた原稿用紙を使う作戦を、こっそりアイルーに話した。

「うわ、マジか」

「マジ。もう十行くらいは写した」

「間宮さんのなんでしょ？　どんな感想？」

「どんなって言われても、なんかよくわかんなかったけど、真面目そうなこと書いてたから、ゴーダも文句つけようないよ」

「いま持ってる？　ちょっと見せてよ」

教室に当人がいないのをいいことに、アイルーがそうせがんでくる。

あたしは机の中を漁って、ノートに挟んでおいた三枚の原稿用紙を取り出した。

「言っておくけど、いくら藍琉さんに頼まれてもそれは渡しませんよ。同じこと書いたら、ゴーダに気づかれるから」

アイルーは原稿用紙に目を通して、顔を上げた。

不思議そうに言う。

「これって、なんの本の感想なの？」

「なんのって、課題図書でしょ」

「いや、そうだけど、本の名前だよ。本の名前、どこにも書いてなくない？」

「えっ」

「感想文、提出するなら、どの本を読んで書いたやつなのか、それも書かないとだめってゴーダ言ってたじゃん。けどこの感想文、どこにもタイトルがないよ」

「あ……」

アイルーから原稿用紙をひったくる。それから、じっくりと読み返した。確かにそうだった。この感想文には、本のタイトルが書かれていない。もしかすると間宮さんは、あとで『○○を読んで感じたこと』みたいな題名を書き加えるつもりだったのかもしれない。でも、彼女はそうする前にボツにして捨ててしまったのだ。

「どうしよ……」

今や、あたしの完璧な作戦は崩壊しかかっていた。救いを求めてアイルーを見ると、彼女は大きな眼をくるりと動かして言った。

「感想の内容から推理するとか」

「ゆうてもね、小説っぽいっていうのは、わかるんだけど……」

「五冊のうち、四冊が小説だったよ。一冊、除外できたね」

「逆だったらこれで特定できたのに！」

「他には？　どんな内容の話だったのか、書いてないの？」

「書いてない……」

読書感想文って、だいたい、これこれ、こういう話でした、あたしはこう思いました、まるって感じで書くと思うんだけど、間宮さんの感想はひとくせあるものだった。主人公のどんなところに感情移入したとか、どういうところが自分と似ているとか、そんなことばかりで、肝心の物語のあらすじや内容がなんにも書いていないのだ。

「とりあえず、女の子が主人公っぽい、気がする……」

「どれどれ」アイルーは感想文をもう一度手にして、それを眺めた。「いや、女の子とも限らなくない？　これ、名前とか、彼とも彼女とも書いてないじゃん」

確かに、そうだった。

間宮さんは、「主人公は」とか、「主人公の」とか、そんなふうに書いてばかりで、「彼は」とも「彼女が」とも書いていない。なんなの、なんてややこしい書き方をするの。こっちの身にもなってほしい。この子ぜったい文才ないじゃん。

「これはあれだ」アイルーが得意げに言う。「あたしの名前と一緒なんだよ。きっと主人公の名前の漢字が、画数が多かったりで難しかったんだよ。いちいち書くのが面倒だから、『主人公は』で統一した。あたしも自分の名前、漢字で藍琉って書くのめんどくさいもん。つまり、主人公の名前の漢字が難しい本を探せばいい」

「マジか。名推理じゃん」コナンくんかよアイルー。「いや、でも、それなら、『彼』とか『彼女』とかの方がよくね？」

「あ、そっか。うーん」

アイルーが首を傾げた。

それから、急にあっと声をあげて言う。

「わかっちゃった」

「マジか。わかったんなら教えてよ」

「あれだよ、文字数だよ。『主人公』って書けば、原稿用紙のマスを三文字ぶん埋められるでしょう。『彼』って書くより、文字数を稼げるわけだ」

「マジか。アイルー天才じゃん。探偵になれる」そういえばアイルーの家にはコナンくんが全巻ずらっと揃ってた。「あれ、でも、そうすると主人公の名前がどんな漢字だろうが、『主人公』って書くんじゃない？」

「あ、そうか」アイルーは頷いた。「あとは主人公の性別が書いてないとか？　文字数を稼ぐつもりはないけど、名前は画数が多くて面倒で、でも性別がわからないから仕方なく、という可能性もワンチャン。でも、うーん、そんな本ってあるのかな……。結局、読まないと特定は無理かもねえ」

「マジか……」

あたしは背もたれに身を任せて、天井を仰ぐ。

実際に読んでみないと、確かめられない。一冊まるごと読む必要はないかもしれないけど、興味のない小説の最初の数ページを読んでみるのだって、あたしにとっては拷問に等しい仕打ちだった。つらみが深すぎる……。

アイルーはもう興味を失ったのか、食事を再開した。彼女は食が細いのだ。だから痩せていて羨ましい。

もんもんと、教室の天井を眺めているときだった。

後ろから笑い声が響いた。大草原。男子の声も女子の声も交ざった一体感のある笑い声だった。アイルーもあたしの後ろに眼を向けて小さく笑っている。なに？　みんな草生やしすぎでしょ。いったいどんな爆笑モノのイベントが起こったのか、慌てて振り向いた。けれど、振り返っても、なにがあったのかよくわからなかった。一人の女の子が、教室の入り口のあたりで膝をついていた。驚いたような表情をしていた彼女は、よろよろと立ち上がった。誰も手を貸したり、大丈夫かと声をかけることをしない。ただ、みんなしてくすくすと嗤いながら、なにも見なかったように眼を背けた。お調子者の佐野が、口笛を吹く真似をしている。女の子はスカートの汚れを払って、きゅっと唇を結んだ。それから教室を出て行く。

三崎さんだ。

なにが起こったのか、少し想像がついた。たぶん、三崎さんの足を、佐野が引っかけるなりして、わざと転ばせたのだろう。それが面白くて、草を生やしまくってるのだ。

「見逃しちゃったね。超ウケる瞬間だったのに。動画撮りたかったぁ」

あたしはそう言うアイルーを見た。

「うん」

それから、ああ、あたしも見たかったぁ、と声をあげて、残念そうな表情をする。

三崎さんには、なにをしたっていい。

それがこの教室のルール。

けれど、なんだろう。

「あかねったら、どうしたの」

「ううん、べつに」

べつに、見逃しちゃったからってわけじゃないんだけれど。

あたしはなにか、言いたかった。

そう訊ねてきたアイルーに、なにか言葉を返したかった。

でも、なんだかモヤモヤして、それを言い表すことができない。変な気持ちだなぁと思った。言いたいのに、言えない。言えたとしても、なにを言いたいのか、わからない。

自分の気持ちの正体が、はっきりしない。このモヤモヤは、けれど、お母さんが夜遅くに帰ってくるときに感じるものと、少し似ている。

＊

放課後は秒で図書室に向かった。

とにかく、この感想文がどの本について書かれたものなのかを確かめなくちゃなんない。

図書室に行くのは一年生のとき以来だった。普段、朝の読書時間に読んでるフリで使う本は、お母さんの部屋から拝借してるから、ここに来る用事はあんまりない。お母さん、結婚するまでは読書家だったみたいで、うちの小さな本棚には、古い推理小説みたいなのが押し込まれている。まぁ、お母さんが本を読んでいるところなんて、見たことないんだけど。

それはともかく、図書室に入って、ゴーダの選んだ課題図書が記されたプリントを手に、うろうろと本棚の間をさまよった。でも、目当ての本を見つけることができない。こういうとき、図書委員に声をかけるべきなのかもしれないけど、カウンターにいるのはなんだか頼りなさそうな女の子だった。ああいう地味そうな子って、接点がなさすぎて逆に話しかけづらい。たいてい、声をかけると、ビビった顔して俯いちゃうんだもの。

「ねえ」

案の定、カウンターで本を読んでいた子は、びくっと肩を跳ねさせて、怯えたみたいな眼であたしのことを見上げた。

「この本ってどこにあんの」

女の子の前に、プリントを突き出す。

「えっと……、郷田(ごうだ)先生の課題本？　どれ？」

「小説のやつ。四冊とも」

「四冊とも借りたいの？」

「ちょっと確認したいだけだよ。探したけど見つかんないの」

「書架のはもう貸し出し中なのかも」

「え、マジか」

「大丈夫。司書室にいっぱいあるはずだから」

　女の子は立ち上がり、カウンターの奥の部屋の扉を開いた。司書室、とプレートに書いてある。先生、と声をかけると、中から女の人の声が返ってきた。

「どうしたの、あおちゃん」

「郷田先生の課題本なんですけど、二のBのやつ」

　少しやりとりがあって、女の子が戻ってきた。四冊の本を手にしている。半分は小さい本で、もう半分はナントカカバーっていう硬くて読みづらいやつだった。

　あたしはそれを受け取って、奥のテーブルに着く。感想文と本を並べて、まずは一冊、あらすじを確認したり、ぱらぱらめくって流し読みをしたりして、主人公がどんな人間なのか確かめていった。けど、これが意外と難しい。間宮さんの感想文が示す主人公の特徴はあたりさわりのないもので、いま読んでいる本の主人公と一致するようでもあるし、しないようでもある。間宮さんの読んだ本の主人公も、いま手にしている本の主人公も、なんか特徴のない主人公なのだ。最後は主人公のことで驚いたって書いてあるけど、肝心のなにに驚いたのかが書いていない。もっとこう、極悪人とか、高貴な王女様とか、世界一の名医とか、そういうわかりやすい設定の主人公のことを書いてくれれば苦労しないのに。仕方なく、最初からじっくり読んでみようと思ったけど、五分くらいで挫折してしまった。ぶっちゃけひどい苦痛。感想文を書くことから逃れるためとはいえ、小説を読むなんてあたしにはぜったい無理だわ。

いらいらとしていたら、ふと傍らに誰かが立っていることに気がついた。

女の人が、あたしの広げている本を見下ろしていた。

「あ、ごめんなさいね」彼女は笑う。「不思議な読み方をしていたから、気になっちゃって」

ぎょっとした気持ちで、あたしはその人を見上げていた。知らない先生だった。若くてきれいめな先生で、たぶん見かけたら忘れないはずなのに、ぜんぜん見覚えがない。大きな黒縁の眼鏡を掛けていて、それが小さい顔によく似合っている。地味な服装だったけど、あたしにはわかる。このひと、メイクが自然ですごくうまい。

「それ、郷田先生の課題だよね。感想文ができてるのに、どうして四冊を見比べてるの？」

彼女は眉を寄せて、原稿用紙を覗き込んでくる。心地よい薫りが鼻をくすぐった。

そっか、と心当たりがあった。図書室には、親しみやすい司書の先生がいるって、女子たちが噂していたのを思い出した。えっと、名前は、確か、しおり先生――って呼ばれていた気がする。聞いただけだから、栞なのか詩織なのか、そこまではわかんなかったけれど。

まずいことになった。バレるわけにはいかない。

あたしは思わず片手で、くしゃくしゃになった原稿用紙を隠す。

しおり先生は、ひとさし指を顎先に押し当てて、うーんと唸りながら首を傾げた。

「あ、わかった。わかっちゃった」

それから、いたずらっぽい子どもみたいな表情を浮かべてあたしを見る。

「あなた、ズルしようとしてるでしょう」

「え、いや、その……」

「うーん？」

眼鏡の大きなレンズ。その奥にある瞳が、あたしを覗き込んでくる。それは、どうしてだろう、あたしを咎(とが)めようというより、たまたま秘密を共有してしまった友達が見せるような、無邪気な輝きを放っていた。

＊

しおり先生の眼力にやられるかたちで、自白してしまった。

だって、ずるい。そんなふうに大きな眼でじっと見つめられたら、うそなんてつけなくなってしまう。このひと眼力強すぎでしょ。アプリで盛る必要がないくらいに大きな眼、それがいたずらっぽく輝く様子は、動画に撮ったらばつぐんにフォロワーが増えそうで、ずるい。あたしがいきさつを説明すると、しおり先生は怒る様子もなく、ころころと笑う。ついつい、アイルーと話したことまでこぼしてしまった。

「なるほどなるほど。そのお友達、すごいね、そこまで考えたんだ。主人公の名前の画数が多くて、しかも性別がわからないかもしれない、だなんて。推理小説みたい」

「そうかなぁ。確かに名推理かもだけど、なんの感想なのか調べてるだけだよ。ぜんぜん事件じゃないじゃん」

なんだか子どもっぽい雰囲気の先生だから、ついつい友達と話すような口調になってしまう。それでもしおり先生は怒る様子がなかった。

「推理小説の中にはねぇ、タイトルにもなってる短い文章だけを手がかりに、その裏に隠れている事実を推理する、っていうお話もあるんだよ。わたしにいわせれば、原稿用紙の文章からなんの本の感想なのかを推理するのも、立派なミステリだよ。あなたは今、ミステリの世界にいるわけだ」

「なにそれ」あたしは首を傾げた。「けど、性別がわかんない主人公なんていいるわけないじゃん」

「そうでもないよ。叙述（じょじゅつ）トリックって言って、わざと読者に情報を伏せて書く種類のミステリもあるの。たとえばの話だけれど、読者が主人公のことを勝手に男の子だと思い込んでいたら、実は女の子だったことがラストで発覚する、みたいなね。その感想文を書いた子は、ネタバレになっちゃうのを配慮して、あえて性別を書かなかった――っていう推理もできるよ」

「え、ほんと？　じゃ、合ってるの？　先生ならわかるんでしょ、どの本のことが書いてあるのか」

「ふふふー、それは秘密です」

ひとさし指を立てて、しおり先生は笑った。

この先生、もしかしていじわるなんじゃないの。

「読んでみればいいじゃない。どうして読みたくないの？」

「どうしてって。だって、面倒じゃん」

「面倒？」

「読書って面倒くさいよ。動画とか観てる方がずっと楽しいじゃん。感想だって書くのが億劫だし、なに書いたらいいかわかんないから、話も頭の中に入ってこないし、そもそも興味ないし、あたしの世界に関係ない本ばっかりだし……。そうだよ、だいたい読書感想文なんて書いてさ、それがあたしの人生にどう役立つっていうの」

ぶつくさと不満をこぼすと、しおり先生が子どものように唇を尖らせた。

「えぇぇ、そんなことないよ。読書って面白いよ。感想を書くことだって、本当はすごく楽しいことなんだよ」

「うそばっかり」

「うそじゃないよう。あ、それじゃあ、わたしがすっごく面白い本を選んであげる。それを読んでみてよ」

いやいや。

どうして突然、そんな話になっちゃうわけ。

「やだよ、そんな面倒な……。ゴーダの課題だってやんなきゃいけないのに」

「あ、じゃあじゃあ、それを読んでくれたら、その感想文がどの本について書いたものなのか、教えてあげる」

「え──」

あたしはちょっと考えて、子どもみたいにわくわくした表情の先生を見返した。

「それ、ほんと?」

「ほんとうだよ」

「でも、いいの? 先生が、こういう……、不正の手伝いとかしちゃって」

「ふふふ」しおり先生は意味深に笑った。「わたしはね、正確には先生じゃないもの。学校司書だから、関係がないのです」

えへん、という効果音が似合いそうなほどに、先生は胸を張った。

「すっごく面白い本だよ。それさえ読んでくれたら、あなたは感想文を書く必要はないし、退屈な課題図書も読まなくていい。そしてわたしはあなたに、読書の楽しみを知ってもらえる。ウィンウィンだよ」

どうしよう。

そこまで面白い本だと言うのなら、退屈そうな課題図書を読むよりは、なしよりのありかもしれない。このままだと、感想文の本を見つけ出すのは難しい。四冊すべて、少しずつ読んで手がかりを探そうとしても、合計したら一冊よりも多くの分量を読むはめになるかもしれない。そんな手間をかけるよりは、しおり先生が面白いっていう本を一冊読む方が、お得な気がする。うん、ちょっとテンアゲかもしれない。

「わかったよ。その代わり、ちゃんと面白いやつにしてよ」

あたしが了承すると、しおり先生はおもちゃを買い与えられた子どもみたいに、ぱっと表情を輝かせるのだった。

＊

先生が貸してくれた本を鞄に入れて、家に帰った。

表紙やあらすじを見る限り、たぶん中学生の女の子の恋愛小説……、だと思う。よくわかんないけど、勝手にそう判断した。まぁ、恋愛ものなら多少は興味ある。ネットテレビの恋愛リアリティーショーは毎回必ずチェックしてるくらい、あたしってそういうのに弱いんだ。

暗いリビングの電灯をつけて、自室のベッドに寝転がった。すぐに本を読む気分にもなれなくて、ごろごろしながら動画を観て時間を潰す。夕飯はピザの残りをチン。スマホの画面が映し出す世界で、恋リアを観る。ネットテレビだから、リアタイで観ないと見逃し配信まで待たされることになる。ときどき画質が粗くなったり、止まっちゃったりするけれど、焦れったい気持ちを抱えて、ドキドキしながら結末を見守った。ああ、これ、ほんとすこ。あたしも、女子高生になったら、彼女たちみたいな恋愛をしたりするんだろうか。ちょっと想像する。まぁ、ないなぁ、って思っちゃうけれど。人気配信者になれたら、ワンチャンあるかもしれない。番組を観終えたあと、秒でアイルーにメッセージを送った。彼女もこの番組をチェックしているからだった。すぐに語り合いたい。けど、アイルーの返信はそっけないものだった。

「ごめん観てなかった」

「マ？　なんで？」

「お母さんとテレビ観てる」

「なに観てるの？」

「お笑い。森生えるわ」

ご丁寧に、テレビをそのままスマホで撮影したらしい数秒間の動画がメッセージに添えられていた。再生してみるけど、音声が割れている感じでよくわからない。映像はブレブレで、お笑い芸人がコントをしているらしかった。アイルーとおばさんの笑い声が聞こえる。

なんか楽しそう。

それで、なんかいまさらだけど、アイルーもテレビを観るんだなと思った。あのでかい画面で、明るいリビングのソファに座りながら、おばさんと一緒にテレビを観て笑い転げているんだと思った。あたしは、もう長いことテレビを観た記憶がない。あたしの部屋にはないし、リビングで観るには、あそこはなんだか、広すぎるような気がして。

そもそも、お母さんもテレビを観ないから、リビングに置いてあるあれって、ただのでかい置物だ。昔はそうじゃなかったのになと思った。お父さんがいた頃は、お母さんとお父さんに挟まれて、ソファに座っていた気がする。あれって、何年前のことだろう。

なんだか、モヤモヤする。

あのときと一緒だった。三崎さんのこと、みんなで一緒に嗤うときの気持ちに似ている。なにかが胸の奥でつかえていて、それを喉から吐き出してしまいたいのに、どうしても出てきてくれない。そこになにが詰まっているのかも、なんだかよくわからない。

よくわからないから、呑み込んでしまうしかない。しばらく、スマホを放り出してごろごろしていた。ネットや動画を観る気分にはなれない。眼が疲れたんだと思う。

玄関に鍵を差す音がした。

すぐに身体を起こす。

「ただいま」

お母さんの声がした。

あたしは部屋を出て、玄関に顔を出した。

お母さんがヒールを脱いでいるところだった。

「おかえりなさい」久しぶりに出たあたしの声はちょっとかすれていた。「お風呂沸かしておいたよ」

「そう。夕食は食べたの」

「うん。ピザ残しておいたよ」

お母さんは疲れた眼をあたしにちらりと向けた。そのままリビングに向かう。なにか白い封筒のようなものを持っていた。それを破いて、中身を確かめている。あたしは廊下から、その様子を窺っていた。まだ、話しかけてはいけないような気がした。代わりに、沈黙したままのテレビに眼を向ける。アイルーが観ているお笑い番組って、まだやってるんだろうか。お母さんは、そういうのって観るんだっけと、少しだけ考えた。それから、しおり先生が言っていた、なんていったっけ、ジジットリック？　推理小説を読むなら、お母さんも知っているんだろうか。息をいっぱい吸い込むみたいに、胸の中が膨れあがっていく。

その代わりみたいに、お母さんが大きく息をもらした。

「あかね。こっち来なさい」

「なに」

お母さんの眼が、じろりとこちらを向いた。

どうしてだろう。胸が冷える。

「携帯の通信料、また高くなってるじゃない。どういうことなの。お母さん、言ったでしょう。変な動画ばっかり観るんじゃないって」

お母さんが手にしていたのは、携帯電話の請求書だったらしい。

風船が、しぼんでいくような感じがした。

「だって」

だって、仕方ないじゃん。

うち、お母さんはネットしないからワイファイないし。

スマホがないと、だって。

「口答えしないの！」

お母さんは唸った。

「いつもいつもくだらないことにお金ばっかり使って、少しは勉強したらどうなの！」

あたしは、なにか言おうとした。

唇を開けて、でも、そこがとても震えて、だからなにも話せない。

喉につかえて、気管を押し上げようとして、なにかが溢れ出そうとするんだけど、それの正体がなんなのかわからない。モヤモヤとした正体不明のガス。あたしの身体に、それが溜まっている。なにか言いたい。でもよくわからない。三崎さんのときと同じだ。考えると、頭がこんがらがって、爆発しそうになる。

「だって、あたし」

あたし、なにを言いたいの？　唇を噛んで、それに耐えて、歯ぎしりしたときには、眼が熱くて燃えるみたいだった。頬をぞわぞわ這っていくものを感じながら、あたしは叫んでいた。

「おまえのせいじゃん！　うるせえんだよクソババア！」

身を翻（ひるがえ）して、自分の部屋に閉じこもる。

怪獣みたいに不細工な声をあげながら、ベッドに飛び込んだ。

＊

「それで土日は音信不通だったのか、つらみが深すぎる」

月曜日の朝だった。

勝手に前の席に腰掛けてるアイルーが、納得したように頷く。

あたしは鞄の荷物を整理しながら、必要なものを机の中に押し込んでいるところだった。

お母さんに、スマホを没収されたのだ。お母さんはいつものように土日も仕事に行っていて、仕事先にまであたしのスマホを持って行ってしまった。そこまでされると、もうどうしようもない。だから友達とは誰とも連絡がとれなくて、退屈極まりない休日を過ごすはめになってしまった。ほんとうにつらみが深すぎた。

「ネットもできずに二日間もなにしてたの？　原始人かよ」

「本、読んでた」

「課題本？」

「違うけど。他にやることなかったから」

出かけようにもお小遣いはほとんど残ってなかったし、部屋に籠もってしおり先生が貸してくれた本を読むくらいしか、時間を潰す方法がなかった。けれど、ほとんど読書なんてしないあたしにとっては、ほんとマジつらたにえんな仕事だったと思う。何度も同じ文章を読み返してしまったり、いったん本を閉じると億劫に感じて、なかなか読書を再開できなかったり。それこそ、スマホがなくて退屈の極みじゃなければ、最後まで読めなかったかもしれない。

そう、ちょっと信じらんないかもしれないけど、本、最後まで読めたんだ。

「なんの本読んだの？　面白いやつ？」

「うーんとね……」

どうやって言葉を返そうか、ちょっと考えたときだった。

教室の空気が変わった気がして、あたしは振り向いた。

教室に、三崎さんが入ってくるところだった。彼女は唇をきゅっと結んで、俯き加減で歩いていた。それを遠巻きに見たみんなが、くすくすと嗤い声をもらしている。近くにもれた小さな嗤い声に、あたしは眼を向けた。アイルーも嗤っていた。

しばらく、あたしはアイルーを見ていた。

「どうしたの？」

アイルーが、不思議そうに言う。

「えっと……」

　また、モヤモヤした気持ちで胸がいっぱいになる。お母さんに怒られたときは、これがぱんぱんに膨れあがって爆発したんだと思った。すっぱくて、そわそわして、むかむかする感じがした。あたしはアイルーになにかを言いたかったけど、なんて言ったらわかりみがあるって返してくれるかわかんなくて、結局それを伝えることができなかった。

＊

　放課後、図書室へ行った。

　しおり先生に、約束を守ってもらわなきゃいけない。図書室を覗くと、受付でこの前の地味そうな子が本を読んでいるのを見つけた。この子には、あの硬くて分厚い表紙をめくりあげることが苦痛じゃないんだろうか。不思議だった。それともスマホを買ってもらえない可哀想な子なのかもしれない。そんなのあたしだったら死んじゃう。

「あら、あかねちゃん」

　本棚の向こうから、辞書みたいなのを何冊か抱えたしおり先生が顔を出した。重たそうだった。会うのは二度目なのに、もう名前を憶えられてしまったらしい。子どもっぽいし、どちゃくそ気安い先生だった。今日は眼鏡をしていない。

「先生、あれ、読んできたよ」

「すごい。早いじゃない。どうだった？」

「どうだったって言われても……。うーん、なんとなくエモい感じはした」

先生は笑った。

それから、ちょっと運ぶの手伝ってくれる？　と言って、あたしに辞書みたいなのを押しつけてくる。図書委員でもなんでもないのに、どうしてあたしがこんなことを手伝わないといけないのか、納得がいかない。先生は他にも似たような本を本棚から抜いて、それを抱えた。先生について行くと、運ぶ先はカウンターの奥にある司書室っていう場所だった。

司書室の中は畳敷きだった。畳なんておじいちゃんの家でしか見ない。学校の中にこんな場所があるなんて不思議な感じがした。先生に言われて、部屋の脇に持ってきた本を置いた。部屋の中には本が入っている段ボール箱がいくつか置いてあったけど、あとは綺麗に片付いている感じがした。真ん中にちゃぶ台がある。

「靴脱いで、上がってね」

言われて、上履きを脱いだ。とりあえず畳に上がる。差し出された座布団にお尻を載っけた。先生はちゃぶ台の向こうに座って、お行儀良く正座をした。

どうしてこんなところに招かれたのか不思議に思っていると、先生はあたしの気持ちを見抜いたみたいに、いたずらっぽく笑って言う。

「生徒の不正を手伝うんだから、ここで密談しないとね」

「じゃ、教えてくれるの？」

「その前に、あかねちゃんの感想を聞かせてほしいなぁ」

「ええ？」あたしは嫌そうな顔をした。「どうして……」

「だって、感想を教えてくれないと、あかねちゃんが本当に本を読んでくれたのかどうか、わかんないでしょう？」

「あたし、うそついてないよ」

「他の子の読書感想文で課題をすませようとしてるのに？」

そう言われると、反論できない。

「でも、感想って言われても……。なに話したらいいの？」

「面白かった？」

「うーん、まぁまぁ。先生はすっごく面白いって言ってたけど、そうでもなかったよ」

「そっかそっか」先生は頷く。それから、無念そうな表情をした。「それは残念だなぁ。そうかぁ……」

その表情があまりにも気の毒そうに見えて、あたしはフォローするみたいに言う。

「まぁ、そこまで悪くはなかったけど、思ってたのとちょっと違ったから、がっかりしたっていうか」

「女の子の恋愛ものかと思ってたけど、それは一個だけで、あとは違う話がいろいろ入ってたところとか」

「どう違ってたの？」

「ああ、そうか。あれは短編集だからね。あかねちゃんは、恋愛ものが好きなんだ」

「まぁね。男の子が主役の話とか、マジどうでもいいし、部活を頑張る話とかも、あたしべつに部活してないから、関係ないいんだもん」

「そうかぁ。そうだよねぇ。でも、三つ目の恋のお話は、良かったでしょ？　甘酸っぱくて」

「甘酸っぱい、かなぁ。うーん」あたしは首を傾げる。「まぁ、ちょっとエモかったよね」

「エモいってどういう感じ？　心が動いた？　切ない感じ？」

「うーん、まぁ、そうだよね。ちょっと悲しくて切ない系だった」

「自分もそういう恋をしてみたいって思っちゃう？」

「ちょっとは思うけどさ、でも、悲しくなるのはやだよ。あたしだったら耐えられないもん」

「そうかそうか。そうだよねぇ。うん、わかる」

そんなふうに、先生は短編の一つ一つについて感想をいろいろと訊いてきた。ちょっと参っちゃったけど、あたしの感想にいちいち賛同してくれるのがなんだか面白かった。

「そうだよねぇ」って何度も頷いたり、「そうそう、先生もそう思った！」なんてちゃぶ台に身を乗り出してきたり、「あかねちゃんの言う通りだよ、あれはないよねぇ！」なんて、お話の結末に文句をつけたりして、一緒になって笑った。

「じゃあじゃあ、最後の短編はどうだった？　あれがいちばん感動しなかった？」

「最後のは……」

あたしは口を開いて、それからじわじわ込み上げてくるものを感じて口を閉ざす。

確かに、感動的なお話だったのかもしれない、けど。

「ううん、あれはあんまり」

モヤモヤするものを感じて、ちゃぶ台に眼を落とす。

「ふぅん？」

先生はちょっと不思議そうだった。

「それよりさ、正解を教えてよ。あの感想文、どの本のことだったの？」

「それは構わないけれど」

先生は微笑んで、あたしを見た。

なんだかよくわからないけど、やさしい眼だと思った。

「でも、あかねちゃんにはもう、自分の読書感想文ができているじゃない」

「え？」

ちょっと意味がわからない。

「さっきみたいに、どこが面白かったとか、どこがつまらなかったとか。それで、自分が同じ立場だったらどう感じただろうって。それをそのまま書けば、それはもう立派な読書感想文だよ」

「えっと……」

先生の言っていることの意味を、考える。

「いや、え、感想文って、そんなんでいいの？」

「そうだよ。あかねちゃんが、恋愛小説を期待していたのに、一つの短編しか恋愛をテーマとしていなくて残念だった、っていう気持ちも、立派な感想なの。それは、あかねちゃんが抱いた、あかねちゃんだけの言葉だよ」

「いや、えっと……、でも、そうなのかもしんないけど、でも、面倒くさいよ、時間もないし、今から課題の本を読むなんてさ」

「うん。読書って、感想文を書くために読むものじゃないものね。どんなことを書いたらいいだろうって考えながら読んだところで、どんな作品も退屈なものになっちゃう」

「でしょ！　ホンマツテントーってやつじゃん」

「でもねえ。実を言うと、あかねちゃんは、課題図書をもう読んでいるんだよ」

「え？」

　この本だよ。

と、しおり先生は、どこからともなく、一冊の本を取り出して、ちゃぶ台に載せた。

それは間違いなく、ゴーダのプリントに載っていた一冊の本だ。

この前、図書室で読み比べしたときに手にした小さい本の一つ。

いやいや、意味がわからない。

「あたし、これ読んでないよ？」

「あかねちゃんに貸したのは、ハードカバーの本だったでしょう。あの作品はね、文庫本になるときに、題名が変わっているの。有名なのは文庫本のほうで、郷田先生のリストに載っていたのも、文庫本のほう」

「えっと、どういうこと？」

「単行本が文庫になるときにね、タイトルが変わることって、たまにあるんだ。中身はほとんど一緒だけれど、タイトルや装幀が変わるから、まるきり別の作品に見えちゃう。でも、お話はまったく一緒だから、あかねちゃんはもう課題図書を読み終えて、先生にたくさん感想を話しているってこと。あとは先生に話してくれたのを、箇条書きでいいから文章に起こすだけ」

　ちょっと混乱した。

どういうこと？

「もしかして、あたし、騙(だま)された？」

「ふふふ」先生はいたずらっぽく笑う。「課題図書だって思うと、どんな感想を書いたらいいかかまえて読んじゃって、内容が頭に入ってこなくなるでしょう？　それより、すっごく面白い本だってオススメされて読んだほうが、なにも考えずにお話を楽しめるじゃない？」

ようやく理解が追いついて、あたしは半分だけ笑いそうになる。

「あの感想文がどの本のものだったのかも、教えてあげる。だから、自分の感想文を書いて提出するか、インチキをするか、それはあかねちゃんしだいだよ。けれどね——」

先生は、何枚かの紙を取り出して、ちゃぶ台に置いた。

それは原稿用紙だった。

まっさらな原稿用紙だ。

「あかねちゃんは、読書感想文を書くことが、自分の世界とは無関係なことだって言っていたけれど、たぶん、そんなことはないんだよ。あかねちゃんはさ、自分の気持ちや感情に説明がつけられなくて、モヤモヤしちゃうときってない？」

先生は、まるであたしの心を覗いたみたいに、やさしく笑う。

「先生にもね、そういう経験がたくさんあった。自分の感じていることをうまく整理できなくて、自分自身のことがわからないときがあるの。だから、誰かに伝えて聞いてもらうこともできない。そういうときはね、自分の気持ちをノートに書くの」

「ノートに……？」

「そう。不思議なんだけれど、自分の気持ちを書き出そうとすると、自分の心を整理することができるのね。書いているうちに、自分が感じていたこととか、こんがらがっていた考えが綺麗にまとまっていく。読書感想文を書くことも同じなの。自分の気持ちを整えていくと、モヤモヤの正体が見えてくる。誰かに伝えることができるようになる。その練習になるの」

「でも……、あたし、語彙力とかないし、そんなの書けないよ」

「あかねちゃんの言葉でいいんだよ。あかねちゃんが感じた気持ちは、あかねちゃんだけのものなんだもの。それを自分の中だけにしまっておくのなんて、とってももったいない。もしかしたらそこには、きれいな言葉やすてきな感情が眠っているかもしれない。それをかたちにすることで、自分に発見があったり、誰かに影響を与えることができるかもしれない。抱いた気持ちを、外に出さないでなかったことにしちゃうなんて、もったいないよ。この原稿用紙は、あかねちゃんの心を具現化してくれる、魔法のページなんだから」

あたしは、やさしい声でそう言うしおり先生の言葉を耳にしながら、彼女の指が撫でていく原稿用紙の余白を見つめていた。自分の心をかたちにしてくれる原稿用紙。自分でもわからない気持ちを整理して書き出すための場所。本当に、そうなんだろうか。そんなの、意味があるんだろうか。わからないけど、モヤモヤしたものが、胸の中で膨らんでいる。

あたしが黙っちゃったせいだろうか、先生が言った。

「でも、そうかぁ、あかねちゃん、最後の短編、だめだったかぁ」

先生は、ちょっと不思議そうだった。

あたしは、唇を開いた。

開いた太腿(ふともも)の上で、拳を作って、それをかたく握り締めながら。

「あのお話は……。だって」

いらいらする。腹が立つ。

苦しさが溢れて、うめくみたいに言う。

語彙力、ないから、うまく言えないんだけど。

ぜんぜんきれいじゃないんだけど。

「主人公の、女の子が、お母さんと仲良くて」

どうしてかな。震える指先のせいで、シャーペンの芯がポキリと折れてしまったみたいに、言葉が途切れてしまう。うまく言えない。わからない。整理できない。先生は静かに頷いた。カチカチとペンをノックして、あたしは言葉を押し出す。顔が熱かった。

「あたしとは、ぜんぜん違って、だから」

先生、わかる？

わかんないよね。

あたし、語彙力ないし、自分の気持ち、モヤモヤしてわかんないし、だから。

なんで、眼、熱いんだろう。

「そっか」

先生は頷く。

差し出された原稿用紙に、なにかが落ちて、染みを作った。

「ごめんね、つらかったね」

あたしは頷く。

それで、ああ、そうか、そうだったんだって思った。

「先生、あかねちゃんの感想文が読みたいな。あかねちゃんの気持ちを知りたい」

やさしい声音に、胸の奥がぎゅっとした。その感情の正体が、ようやくわかった。あたしは頬を這う熱を感じながら、唇を噛みしめた。掌に爪が食い込んで痛い。情けない顔を隠すように必死に俯くと、みっともなくしゃっくりが出て、白紙のマスをひとつひとつ埋めるみたいに、透明なしるしを落としていく。

たぶん、きっとそう。

あたし、ずっとずっと、さびしかったんだ。

*

シャーペンの芯が切れた。

消しゴムを勢いよくかけたせいで、少しよれよれになってしまった原稿用紙の表面を、手で払う。消しゴムのかすを、ティッシュでくるんでくずかごに捨てた。それから、シャーペンの芯を補充する。

文章を書くのって、やっぱり面倒くさい。フリック入力の何十倍も時間がかかってる気がする。それでも、約束しちゃったんだから仕方ないって言い聞かせた。相変わらずの語彙力だし、若者言葉を使うなんてってゴーダは怒るかもしんないけど、しおり先生には伝わるんじゃないかなって、そう思う。あたしは、しおり先生に話した本の感想を、箇条書きみたいなへたくそな文章で記して、原稿用紙のマスを埋めていく。それから、最後の短編にふれて、お母さんのことを書いていた。仕事が忙しくて、いつも家にいなくて、最後にあたしと遊んでくれたのは何年前だろうってこととか、だからこの主人公のことが羨ましいってこととかを。

いつの間にかあたしは、お話とは関係のない気持ちを書き出してしまっていたけれど。

でも、これは課題と関係がないからといって、くずかごに入れるわけにはいかない。

この気持ちを、なかったことにしたくはないと思ったんだ。

三枚目の最後の行までシャーペンを走らせたとき、玄関から音がした。

あたしは、のろのろと腰を上げて、部屋を出て行く。

帰ってきたお母さんが、ヒールを脱いでいた。

「おかえりなさい」

あたしはお母さんに声をかける。

お母さんは、なんだか疲れた眼をしていたけど、あたしの顔を見て、不思議そうに眉を寄せた。

「そんな顔して、どうしたの？」

伝えられるだろうか。

伝わるだろうか。

大丈夫、少しだけ、自分の気持ちのこと、整理できたような気がするから。

言いたいことがたくさんある。知ってほしいことがたくさん。たとえば、読んだばかりの小説の話とか、図書室にいる子どもっぽい先生のこととか、アイルーのこととか、教室で浮いちゃってる子が可哀想でどうしようって話とか、たまにはピザじゃないものを食べたいとか、それから、それから——。

「あのね、お母さん、あたしね……」

花布の咲くころ

どうして恋は、こんなにも痛いのだろう。

彼のことを考えれば、いつだって身体の芯が痺れる感覚に陥っていく。その切ない震えは心臓を通して腕まで伝わり、指先すらぴりぴりとわたしをうずかせた。

この息苦しさから解放されたくて、わたしはいつも溜息をもらす。だからといって、それでこの心が救われたためしは一度もない。

彼の笑顔は、どうしてそんなに眩しいのだろう。

彼の声音は、どうしてそんなに優しいのだろう。

彼の頰に――、彼の髪に――、触れたかった。

放課後、いつものように図書室の受付に座り、スマートフォンを覗き込みながら、深く溜息をもらした。

すると、通りかかったしおり先生に、そこを見つけられてしまう。

「どうしたの。まるで恋に悩んでいるみたいね」

優しく笑うしおり先生は、いつもとても鋭い。

「そんなのじゃないです」

わたしは慌てて、スマートフォンの画面を消した。それを伏せて、彼女の指摘がまるで見当外れのもののように否定し、笑う。

「そっか。残念だなぁ」

なにが残念なのかまるでわからなかったけれど、先生は子どもみたいな表情で笑った。

それから、顎先にひとさし指を押し当てる。それは、なにか考え事をするときの彼女のくせで、少しばかり絵になるように見えるのが、羨ましい。

「恋の悩みなら、どんな話でも秘密にするし、先生、相談に乗るからね」

けれど、先生はきっと理解なんてしてくれないだろう。

彼女が司書室に去って行くのを見届けて、わたしはスマートフォンのロックを解除した。その画面に視線を落とす。

この想いを、誰かに打ち明けることができたら、楽になれるのだろうか？

けれど、誰かが理解してくれるとも思えないし、唯一の理解者は、もうわたしの側を離れてしまった。いまさら、誰か理解してくれる人が現れるなんて、思えない。

どうして、わたしたちは好きになる相手を選べないのだろう。

喫茶店で好みのケーキを注文するときのように、メニューを示して、自分が望んだ恋のかたちを神様にリクエストすることができたらいいのに。

わたしがしている恋が抱える問題は、とても大きかった。

だって、大好きな彼は、スマホの画面から、出てきてくれない。

そもそも、住んでいる次元が、違いすぎたのだ。

＊

「萌香には、このポイントカードを進呈しよう」

二年生になって数日が経った、ある日の放課後だった。

夕暮れの図書室で受付の仕事をしていたら、久しぶりに顔を見せたユナが、青いカードをカウンターに滑らせてそう言った。

それは、わたしたちが一緒に行くアニメショップのポイントカードだった。

その行為が意味することを考えながら、わたしはユナを見上げる。

小学校のときからの友人であるユナとは、志を共にしていたつもりだった。

同じ漫画を好きになり、同じ小説を愛読し、同じアニメを観て、同じ声優について語り合った。

そして、同じ人を好きになった。

凛堂蓮君。

わたしたちとは違う次元に住んでいることはとても悲しいけれど、志を共にするユナとは、いつも彼のことを語り合ったものだった。原作のコミックスを発売日に追いかけ、わたしの家で彼の活躍が描かれるアニメを観た。彼の笑顔が刻まれたグッズを買って見せ合って、くじを引いては共に自爆し、ユナにせがまれて彼が登場する二次創作の夢小説まで書き綴った。

それが――。

それなのに――。

「え、ちょっと待って、どういうこと」

「ごめん。他に好きな人ができた」

わたしたちは、まるでカップルが別れるときみたいな台詞(せりふ)のやりとりをした。けれど、そのたとえはあながち間違いではないのかもしれない。

「えっと、好きな人って……。え、アニメ？　漫画？　ソシャゲ？」

「ううん。三次元」

そう、ユナは気恥ずかしげな笑みを浮かべて、告白した。

しばらく、呆(ほう)けた気持ちで彼女を見つめ続けた。

中学生になって、ユナとはクラスが別になってしまった。そのせいでお互いに所属するグループが変わり、以前と比べて会話をする機会はずっと減ってしまっていた。メッセージのやりとりを続けてはいたけれど、わたしが凛堂君の話題を出しても、最近のユナは素っ気なくスタンプを返してくるだけで、あまり話題が続かないことが増えてきた。それればかりか、先月なんて、放送中のアニメ二期の最新話をまだ観ていない、なんてことすら言い出す始末だったのだ。

「アイドル……、とか？」

どうにか問いかけると、ユナは照れくさそうにかぶりを振った。

それから、頰をかきながら視線を外して、ささやくような声で言う。

「同じクラスの男子……。えっと、これ以上はかんべんして」

あぜんとした。

ユナの変化には、気づいていたつもりだった。

たまに廊下で姿を見かけるとき、髪型が変わったな、とは思っていた。元々、可愛い顔立ちの子だったけれど、おしゃれに目覚めたみたいで、急に可愛くなった。付き合うようになった友達の影響だろうと考えていた。中学生になってからのユナは、テンションが高くて騒がしいグループの子たちと一緒になっていたから、変化はそのせいだろうと思っていた。

けれど、その推測は違っていたのだ。

「え、なに……。じゃあ、もう推しはどうでもいいっていうこと？」

「そうじゃないけれど……、そういう女子って、男子にウケ悪いでしょ」

ユナは表情を曇らせて言った。

「だから、あとのことは萌香に託す」

ごめんね、と頭を下げて、ユナは図書室を去って行った。

わたしは呆然とした気持ちで、ユナは図書室の入り口を見つめ続けていた。

これが、たとえば三次元の身近な男の子を好きになった同志だったとしたら、ライバルが一人減ったと喜ぶことができたのかもしれない。けれど、わたしたちが好きになった相手は、そういうのとは致命的に違いすぎた。ライバルなんて無数にいるし、そんなことを考えることすらおこがましい。

彼と付き合うことのできる人なんて、この世界のどこにもいないのだから。

わたしがしているのは、叶わないと宿命付けられた恋だ。

だからせめて、この気持ちを共にできる人が、わたしは欲しかったのかもしれない。

しばらくすると、トイレかなにかで席を外していた図書委員の子が戻ってきて、わたしを見ると不思議そうな顔をした。佐竹さんというあまり話をしたことがない子で、わたしは慌てて視線を落とした。

わたしは、いま、どんな顔をしていたのだろう。

＊

ユナが恋をした相手は、二年C組の瀬谷陸斗という男の子らしい。

背が高く、女子にも優しい爽やかな性格をしていて、二年生になったばかりなのに、バスケ部でエース級の活躍をしているという。まるで漫画の中に出てくる登場人物の設定みたいな話を、わたしはときどき風の噂で聞いていた。教室の片隅や、トイレの個室の中、ときには図書室の片隅なんかで。ユナが彼に片思いをしているという話も、彼女の口からではなく噂話で知った。どうやらその瀬谷くんというのは、派手めな女子の中では人気の存在らしくて、ユナが彼に対してアプローチをかけていることを、生意気だとか、身の程知らずだとか、そんなふうに陰で嗤う子も多かったのだ。

ゴールデンウィークを迎える頃には、いつの間にかユナと交わすメッセージの数は極端に少なくなっていた。彼女はもう凛堂君に関心がないから、わたしがどんなに熱く最新号の彼の活躍を語っても会話は続かない。わたしの方も、ユナからのメッセージになんて答えたらいいのか、まるでわからなくなってしまう。たとえば、男の子に休み時間、声をかけるならどんな話題がいいだろうだとか、ゴールデンウィーク中に家族と旅行へ行くのだけれど、お土産はどんなものを買ったら喜んでくれるだろうだとか、そんなことを訊かれても、ぜんぜんわからない。だって、三次元と二次元は違いすぎる。わたしにそんなことがわかるはずないのに、ユナから届く無邪気な相談は、歪んだ恋心を抱き続けるこの胸に、ちくちくと針を刺していった。メッセージを送り返す代わりに、諦めてしまえばいいのに、と心の中で文章を形作ることもあった。恋なんて、叶うわけがないよ。まして、この前まで二次元に夢中になっていたあなたに、ほんものの恋愛ができるはずなんてないじゃない。

凛堂君のことをわかり合える友達がいなくなっただけで、中学二年生の生活は、まるで退屈なものへと変貌してしまったような気がした。クラスや図書委員の友達に、凛堂君のことを打ち明けることはできていない。どんな反応が返ってくるかなんて、まるでわからないからだ。

こんなにもつらい気持ちを一人で抱えるしかないわたしのことを放って、彼女は飛び立ってしまった。すぐに諦めて戻ってくるだろうなんて考えていたのに、ユナは楽しそうに廊下で笑ってスカートの裾を翻し、どんどん可愛くなる笑顔を輝かせていく。何度か、廊下で男子と仲良く話をしているユナの姿を見かけることがあった。背の高くてきれいな顔をした彼が、今の彼女の推しである瀬谷くんなのだろう。彼と肩を並べてじゃれ合うユナの髪は、眩しい陽射しを浴びてキューティクルを輝かせていた。

瀬谷くんはこの世界に生きているのに、どうして凛堂君は、そうではないのだろう。

どうして彼女だけ、この地獄から抜け出すことが赦されたのだろう。

誰もいない放課後の図書室、わたしは受付の奥に居座って、開いたノートにペンを走らせていた。昔から、文字を書くことは好きだった。読書感想文はお手の物で、小学生の頃、文才があると言ってくれたのはユナだった。そのせいで、他人に見せるのがひどく小っ恥ずかしい小説を書くことになってしまったのだけれど、それを読んでもらう相手はもういない。それでも、わたしは一人の時間を見つけては、自分の妄想を少しずつそこに書き綴っていた。

空想の中でなら、わたしは凛堂君に会うことができる。

彼が笑うところを、間近で見ることができる。

彼が甘くささやく声を、耳で聞くことができる。

萌香、どうしたの？　今日はなんだか寂しそうだね……。

「小説？」

「なっっっん、です、ちがっ！」

突然あがった声に、わたしは奇声をあげながら現実へと引き摺り戻されていく。

気がつけば、カウンターの向こうに立っていたしおり先生が、垂れた髪を耳にかけながら、わたしの広げたノートを覗き込もうとしていた。

「違います！」わたしは慌ててノートを閉ざす。顔が熱くなるのを感じながら、唾を飛ばす勢いでしおり先生に抗議した。「か、勝手に見ないでください！　ご、郷田先生の課題！　読書感想文です！」

「ごめんごめん」

　しおり先生は笑って言う。

「けれど、原稿用紙じゃなくて、ノートに書くの？」

　訝しげに眉をひそめるしおり先生は、やはり容赦（ようしゃ）なく鋭かった。

「と、とりあえず、試しに書いたんです」わたしは慌てて、ごまかすための話題を引っ張り出した。「あの課題図書ですけど、うちのクラスのぶん、とりあえず三冊読みましたよ。あれ、先生のチョイスでしょう」

「うわぁ、三冊も？　さすが、間宮さんは読書家だねぇ」

　先生は眼を丸くして言う。このまま話題を続ければ、うまくごまかせそう。そうだ。この話を司書室でのランチタイムで先生としたかったのだけれど、最近のしおり先生は昼食時に不在のことが多くて、機会を逸していたのだ。

　郷田先生というのは厳しい国語の先生で、何冊かの課題図書の中から生徒たちに本を選ばせて感想文を書かせるという、たいへん不評な授業をすることで悪名高かった。せめて生徒に読んでもらう本は、面白くて親しみやすいものをということで、何冊かはしおり先生が選んでいるようだ。しおり先生の選書は間違いがないので、わたしは課題図書の中から三冊を読んでみた。どれも面白くて、しおり先生が選んだものに違いないと確信が持てるものばかり。大勢の生徒に貸し出さないといけない都合上、市内の図書館に複本が大量に用意されているものから選んでいるらしい。それでもすべてのクラスで同じ課題図書となると本が足りなくなってしまうので、選書や課題が出される時期はクラスごとに違っている。先週、図書館から大量に届いた段ボール箱を仕分けする作業を手伝ったばかりだった。

「じゃあ、どの本で感想文を書くのか、決めたの？」

「ええと、まぁ、二冊に候補を絞ったんですけれど」

書こうと思っている一冊は、しかし感想文を書くのが難しそうだった。なにせ、叙述トリックが仕掛けられていて、ネタバレに配慮して書こうとすると表現を選ばざるを得ない。いや、普通の子はぜんぜん気にしないで書いちゃうかもしれないけれど、わたしはそういうのがとても気になってしまうのだ。こんなマニアックな本を課題図書に選んだのは、推理小説が好きだというしおり先生に違いなかった。

「留守番させちゃってごめんね」しおり先生が笑う。「四時過ぎちゃったし、帰りたかったら、もう帰っても大丈夫だからね」

「はい。もう帰ります」

司書室に戻ろうとしたしおり先生が、ふと振り返って笑った。

「間宮さん文才あるから、小説とか、ぜったい上手だと思う」

「だから、違いますから」

やっぱり見られていたのかもしれない。

鞄に荷物を詰め込んで、逃げるように廊下を歩いた。

文才か。どうなのかなぁ。二次創作しか書いたことがないからわからないけれど、小説家を目指してみるというのも、悪くはないかもしれない。人気作家になれたら、自分のために凛堂君の話を書き続けながら、ときどき仕事をすればいい。わたしが敬愛する女性作家も、わたしと同じ年齢のときにデビューしているから、チャンスがないわけではないかもしれない……。

帰る前にトイレに入って、少しそんな妄想を繰り広げていたら、騒々しい女の子たちが入ってきて、おしゃべりをし始めてしまった。声には聞き覚えがあった。同じクラスの子たちだ。女の子は二人のようだった。

「なんかまどか、めちゃくちゃご立腹だったじゃん」

「それな。陸斗のことでしょう」

「なんかあったの？」

「いや、なんかユナが告白する決意をしたらしくて、それがどういうわけかまどかの耳に入ったんだよ」

「マジか」

「まどかって、ああみえて小学生の頃から一途に片思いだからね。先手をとられたら気が気でないんじゃないの」

「マジか。小学生からかよ。片思いするってガラじゃないでしょ。腹立てるくらいなら告白しちまえよ」

「めっちゃ同意するけれど、あかねさ、気をつけなよ。ユナの味方すると三崎さんのときみたいになるよ」

「え、ああ、うん、そっか……」

二人は静かに会話を交わしながら、トイレを出て行く。

今の話は、どういう意味だったのだろう。

まどかというのは、同じクラスの星野まどかさんのことだろう。それはクラスメイトの中で、わたしがもっとも苦手だと感じる人物の名前だった。

星野さんはいわゆる女王様タイプの女の子で、クラスどころか学年のカーストの頂点にいるような女の子だ。成績がよく行動力があり、率先してみんなのまとめ役になるから、先生たちからの評判もいい。美人で可愛くて、噂では雑誌の読者モデルもしているらしく、男子からも女子からも人気が高い。それだけなら、みんなの憧れの女の子と呼べるのかもしれないけれど、その本性はとても陰湿なものだった。彼女の機嫌を損ねると、教室の同調圧力で、なにをされてしまうかわからないのだ。

実際にゴールデンウィークに入る前くらいから、星野さんたちのグループにいたはずの三崎さんという女子が犠牲になっていた。いったいなにがあったのかは知らないけれど、教室のみんなで彼女の存在を無視したり、嗤ったりするようになっていた。三崎さんのことは可哀想だと思うけれど、星野さんとぜんぜん関わりがないようなわたしであっても、その意向に背くようなことをしてしまえば、今度は自分が標的になりかねない。

さっきの話には、星野さん、瀬谷くん、そしてユナの名前が出てきていた。

星野さんは瀬谷くんにずっと片思いを続けていたけれど、横からユナが出てきてアピールをするようになり、告白の決意をするにまで至ってしまった、ということなのだろう。星野さんはユナに瀬谷くんをとられる結果になるかもしれない。となると、このままでは女王様の恐ろしい槍の矛先が、ユナへと向かうことになりかねない……。

ユナは事態の恐ろしさを理解しているのだろうか。

彼女のクラスには、三崎さんに関わる陰惨ないじめの事実が伝わっていないのかもしれない。星野さんのことも、ただの可愛い子だと思っている可能性がある。どうしよう。ユナに伝えるべきだろうか？　瀬谷くんのことは、諦めるべきだって？

ユナはわたしを裏切って、遠くへ行こうとしたのに——。

それくらいの罰は、受けてしかるべきなのではないだろうかと、この醜い心がそうささやくのを、わたしは恐ろしい気持ちで聞いていた。

＊

夏が近づいたある土曜のことだった。

今日は凛堂君の新しいグッズの発売日で、電車に乗ってアニメショップへ向かうべく家を出た。こういうとき、この道を一緒に歩いたユナはもういない。彼女はわたしにポイントカードを預けてしまった。それはもうアニメショップに行くことも、グッズを買うこともしないという決意の表れなのだろう。

彼女にとって、凛堂君はもうどうだっていい存在なのだ。けれど、好きだった人のことを、そんなにも綺麗さっぱり忘れられるものなのだろうか。瀬谷くんは、そんなにもカッコイイのだろうか？　凛堂君よりも優しくて、凛堂君よりも甘い声をしているのだろうか？

もやもやとした気持ちを抱えながら、駅までの道を歩いていた。陽射しが強くて、肌が焼けてしまいそうなほどだった。学校も衣替えの季節に入ったし、夏休みは目前だ。

「萌香」

声があがって、振り向いた。

振り返って、わたしはしばしの間、あぜんとしていたように思う。もしかすると、呆けたように唇を開いてさえいたかもしれない。

後ろから駆けてきたのはユナだった。

彼女の私服姿を見るのはずいぶんと久しぶりのような気がした。わたしが知っているときとは雰囲気がまるで違って見える。中学生なのにどこか華やかで、高校生みたく大人っぽい。まるでティーンズ誌の中でポーズを決めるモデルのようだった。髪を飾る黄色いヘアバンドが特徴的で眼を惹（ひ）くけれど、可愛い顔をしているから、それが妙に似合っている。わたしのような人間が付けたら、きっととても浮いてしまうだろう。

わたしはまばたきを繰り返して、ユナが駆け寄ってくるのを待った。息を整えるように彼女が膝に手をつくと、彼女のヘアバンドを飾るリボンが、ひょこひょこと僅かに揺れ動く。

「ユナ」

「萌香、駅まで行くんでしょ？」

わたしは喘（あえ）ぐように、溢れてくる気持ちをそのまま言葉に吐き出した。

「ユナも、やっぱり凛堂君の——」

「ああ、新しいグッズ？」

ユナは笑って、ひらひらと片手を振った。

わたしの吐き出した喜びを、たたき落としてみせるように。

「わたしは、遊びに行くんだ。途中まで路線が同じだから、電車乗るなら一緒に行こうよ」

「そう……、なんだ」

わたしたちは駅までの道を並んで歩いた。これまで、何回も同じ道を通って凛堂君のことや他のキャラ、アニメ、漫画のことを笑いながら話したというのに、今日のわたしたちの間にある共通項は沈黙だけだった。わたしは何度か、顔を上げてユナの横顔を盗み見た。ユナはすぐに視線に気がついて、笑みを浮かべる。彼女の目元の印象が、ほんの僅かだけれど、いつもと違うように見えた。きらきら、している。たぶん、お化粧だと思った。そんなの、わたしはしたことがない。中学生だからではなくて、高校生になっても、そんなことをする自分を欠片も想像ができないのだった。

「化粧、してるの」

「あ、うん」ユナははにかんで頷く。「似合うかな」

似合うかもしれないけれど、中学生がすることじゃないんじゃないの。

「そういうの、どうやって覚えるの」

「アイルーに教えてもらったの。あの子、ネイルとかすごく上手なんだよ」

「アイルー？」

「あれ、萌香と同じクラスじゃない？」

そういえば、そんなあだ名で呼ばれている子がいたような気がする。

「わたしは一年のとき、同じクラスだったんだよね」

「そうなんだ……」

そういう友達が、ユナにはずっと前からいたんだ。

急激に、彼女という存在が遠くへ離れていくように感じた。これまでも、わたしを置いて彼女が遠くへ行ってしまったと思っていたけれど、それ以上に痛感した。ユナはとっくの昔から、わたしとは違う世界にいたのかもしれない。

わたしだけが、こんないびつな恋心を抱えて、ずっとずっと生きている。

わたしたちは無言で駅の改札を通り、ホームを歩いた。

示し合わせたわけではないけれど、どちらからともなく二人で並んでベンチに腰掛ける。

次の電車が来るまで、まだだいぶ時間があった。

なんで、こんなに息苦しくて、こんなに話題が出てこないのだろう。

ずっとずっと、友達だったのに、話すことが、なにもないだなんて。

わたしはユナを見た。ユナはわたしの視線に気づいて笑う。さっきと同じようなやりとりだった。それから、わたしは彼女のヘアバンドに視線を向けた。なにか言葉を探し出さなくてはと思った。

「その、ヘアバンド」

「ああ、これ？」ユナが頭に手をやる。「カチュームだよ」

「カチューム？」

カチューシャとは違うのだろうか。わたしの知らない言葉だった。それを恥ずかしく感じて、わたしは視線を落とす。

似合っているね、とか、可愛いね、とか、そういう言葉を続けたかったのだけれど、それは途切れてしまう。

「好きな人がね」

はにかみながら、ユナが言う。

とっておきの、秘密をささやくみたいに。

「こういうの付けてる女の子が、好みなんだって」

秘密の共有は喜ばしいことであるはずなのに、その一言はわたしの心を爪で引っ掻く ようだった。ユナの爪は艶のある薄いピンク色で、きれいなかたちをしていた。

ユナはもう大人っぽくて、わたしのような人間と付き合うのが相応しくない陽向を生きており、そして普通の恋をする資格を持った女の子になったのだと思った。

「それって、瀬谷くんっていう男子？」

わたしが訊くと、ユナは少し驚いたように眼を大きくした。

それから幸せそうに笑って、頷く。

凛堂君のことを語るときだって、そんな笑顔を見せたことはないはずなのに。

「どこが、好きなの」

「優しいところ。あと、笑うと、顔がくしゃってなって、犬みたいになるところ」

本物の恋の、なにがそんなにいいというのだろう。

だとしたら、わたしの恋は、それよりも劣るものなのだろうか。

こんなにも痛くて、こんなにも切ないのに、ユナの存在はわたしが大切にしているものを、それは偽物なのだと突き付けてくる。

僅かな沈黙のあとで、わたしは言っていた。

「瀬谷くんは、諦めた方がいいんじゃないかな」

はっと、息を呑むような気配がした。

ユナがわたしに顔を向けて、瞳を大きくさせた。

「どうして……？」

どうして？

わたしは、彼女に告げるべき理由を考えた。

それと、自分が彼女にそんなことを告げた理由を。

星野さんに、なにをされるかわからないから？　うちのクラスの三崎さんのようになってしまうよって？　けれど、本当にそうなのだろうか？　それだけが、理由なのだろうか？　わたしの中で膨らんでいく気持ちの正体は、そんなものではないような気がしていた。

諦めた方がいい。

相手が誰であろうと、星野さんが関係しようがしまいが、諦めた方がいい。

そんな、本物の恋だなんて……。

だって、あなただけ、ずるいじゃない。

「とにかく……、やめなよ、ユナには合わないよ、あんなの」

「どうして、そんなひどいことを言うの」

わたしは、ユナの大きな瞳に、徐々に新しい光が宿っていくのを見た。

ぐらぐら、それが揺れ動いている。

「だって」

わたしは、なにも言えなかった。

代わりに言葉を漏らしたのは、ユナの方だ。

「萌香には、嘘をついていたくないから、言っておこうと思うの」

意を決したような表情をして、彼女は身体ごと、わたしの方に向き直った。

やめてほしい、と思う。

なにも聞きたくなかった。

「わたし、もう、瀬谷くんと付き合っているの」

その言葉に、わたしという存在が非難され、突き放されていくのを感じる。

「今日もデートなんだよ。瀬谷くん、すごく優しい人なの。だから、そんなこと、言わないで」

「なら、凛堂君は」

「だって……、いつまでも、現実逃避、してるわけにはいかないでしょう」

顔がかっと熱くなり、叫び出したい衝動にかられた。

「なんなの」わたしは言っていた。わけもわからず、自分を護ろうとするみたいに、早口になる言葉で防御をしようとした。「ユナはあんなのがいいっていうの。凛堂君より、あんなのがいいの。そんな、凛堂君を好きって気持ち、ころころと変えられちゃうわけ? そんなの長続きするわけないじゃない。凛堂君のこと飽きたみたいに、きっと瀬谷くんのことも飽きちゃうよ。ユナの好きって気持ちはその程度なわけなの!」

違う。そうじゃない。

わたしが言いたい気持ちは、伝えたい想いは。

「どうして、そんなこと言うの——」

「犬みたいな顔ってなんだよ。凛堂君の方がカッコイイでしょう！　そんなに犬が好きなら、犬と盛ってればいいじゃない！」

わたしは立ち上がり、そう叫んでいた。ホームに電車が滑り込んでくる。ユナは瞳を大きく揺り動かすと、応えるように立ち上がって、わたしのことを睨んだ。

「萌香だって、いつまで偽物の恋に逃げてるつもりなの！　そんな趣味、気持ち悪いだけじゃない！」

なによ、そんなの。

そんなの。

けれど、わたしはなにも言い返すことができず、歯を食いしばるようにしながら、踵を返した。ホームを走って階段を昇り、改札口へと逃げ出す。ユナはなにも言わなかったし、追いかけてくることもなかった。改札を出ていくとき、切符が通らなくて、駅員さんに声をかけなくてはならない自分が、とても惨めで滑稽だと思えた。

＊

知っていた。

わたしの恋が偽物で、傍から見ればそれはただの現実逃避に過ぎず、気持ち悪い趣味でしかないことだなんて。

それなのに、この気持ちは、いまさら捨てることなんてできない。

呪いのようだと思った。

けれど、それでいい。だって、どうしようもないじゃない。

惨めな自らを慰めるように、凛堂君のことだけを想って、毎日を怠惰に過ごした。

学校に行くのが億劫でたまらない朝も、凛堂君のことを考えれば少しだけ前向きになれる。早朝に、あくびを噛み殺しながら階段を降りていくと、凛堂君がキッチンに立っていて、フレンチトーストを作ってくれている。彼はおはようと爽やかな笑みを浮かべて、わたしは頬を赤くしながら、寝癖で乱れた髪を慌てて整えるのだ。両親は海外に出張していて不在で、わたしは高校進学と共に、もろもろの理由で幼なじみだった彼と一つ屋根の下で暮らすようになってしまった。わたしを妹のように扱ってからかう凛堂君に頬を膨らませながら、わたしたちは登校するために家を出る。もちろん、通っているのは同じ学校だ。女子高生のわたしは、髪が長くとても綺麗で、あのカチュームがよく似合う明るい女の子になっている。わたしは彼と肩を並べて、たわいのない雑談で笑顔を交わす。凛堂君はカエルのフィギュアが好きという変な趣味を持っているので、内心ではわたしはカエルについて熱く語る彼の言葉を、くだらないなぁと一蹴しながら、わたしは一蹴しながら、微笑ましく思っている。学校に辿り着くと、わたしたちは互いに少しだけよそよそしい態度をとらなくてはならない。だって、わたしたちが一つ屋根の下で暮らしているだなんてこと、友人たちには秘密なのだから。けれど、勘のいい友達には気づかれてしまいそうで、くだらないことで言い争いをするわたしたちを見て、夫婦喧嘩だねと囃し立てる子もいる。わたしたちはお互いに顔を赤くしながら、ほとんど同時に声をあげて否定する。そうして授業中のわたしは先生の与太話を聞き流しながら、窓際の席で物憂げに青空を眺めている彼の横顔を、それとなく観察して過ごすのだ。

今もそう。

退屈な授業にあくびを噛み殺しながら、窓際にぽつんと空いている席に眼を向けていた。普段、そこに腰掛けている女の子は今日は休みだった。そこは三崎さんの席だった。今日の彼女はどうしたのだろう。星野さんの仕打ちに耐えきれず、とうとう学校に来ることをやめてしまったのかもしれない。わたしはその空白の席に、もし凛堂君が座っていたら、と考えていた。彼は明るくて、爽やかで、そして正義感に溢れているから、きっと星野さんの横暴をやめさせようとしてくれるかもしれない。

でも、現実には、彼は存在しない。

廊下を歩く。

ユナと瀬谷くんが笑いながら歩く様子から眼を背けて、わたしの隣を歩く男の子のことを空想した。どうしたの、萌香、なんか今日は元気がないね。大丈夫?　わたしは顔を上げて、笑って言う。大丈夫だよ。大丈夫……。彼の部活が終わるまで、わたしは図書室で文学を読みながら過ごして、時間が来たら校門で待ち合わせをして帰るのだ。それから二人で夕飯の買い出しをして、またささいなことで口喧嘩をして、けれど先に謝るのは凛堂君のほうで、今日はお詫びに美味しいものを作るからって言ってくれて、わたしは真剣な表情でキッチンに立つ彼の後ろ姿を見届けたあと、少しどきどきしながらお風呂に入って、それから、それから……。

どうしてだろう。

わたしはお風呂場で泣いていた。

「萌香、お風呂長いけど、大丈夫？」

お母さんが、洗面所から声をかけてくる。わたしは慌てて目元を拭って、大丈夫、とかすれた声を漏らす。それから、お風呂場にある曇った鏡を睨みつけて、引き締めるように結んだ唇に歯を立てた。

お風呂のあと、おやすみなさいと告げて、自分の部屋に閉じこもる。

ベッドに寝転がりながら、スマホのホーム画面に設定している凛堂君の顔を、じっと見つめた。

どうして、あなたはこの世界にいないの。

ユナの好きな人は、この世界に存在するのに。

どうして、わたしだけ。

なんで、あなたなんかを好きになってしまったんだろう。

はじめてあなたのことを知ったとき。

この胸がときめいたり、しなければ良かったのに。

絶望に、胸が張り裂けそう。

わたしは枕に顔をうずめて、声が下の階に漏れないよう、ただただ泣き続けた。

＊

騒々しかった図書室が、徐々に徐々に静けさに包まれていく。

今日は当番ではなかったけれど、すぐに帰る気にもなれずに、わたしは受付の奥の席でしばらく小説を読み進めていた。それにも飽きてしまって、頬杖をついたまま、なんとなく図書室の景色を観察してしまう。

「凛ちゃん、ちょっとこれ運んでくれるー？」

図書室ではお静かにと言うけれど、間延びしたしおり先生のそんな声が響いた。呼ばれた図書委員の子が、しおり先生の抱えていた本を受け取る。彼女とはあまり話したことがないけれど、凛堂君と同じ漢字を使った名前だというのが、たったそれだけのことなのに妙に羨ましく感じてしまった。

梅雨時なので、いつの間にか雨が降っていた。

わたしは頬杖をつきながら、音を立てて窓を叩く雨粒の様子を、ぼんやりと眺め続けた。

あれから、ユナが瀬谷くんと別れたという噂話を聞いた。

なにがあったのかはわからない。けれど廊下の片隅で、眼を赤く泣き腫らしているユナの姿を、遠くから見かけたことがある。

わたしはなにも言えなかった。

ただ、わたしの言った通りだったでしょうと、自分の勝利を確信したような気持ちになったのを、とても下劣だと感じた。

ユナとは駅のホームで別れたときからずっと、一言も口を利いていない。たまに見かけることがあっても、その表情からは笑顔がかき消えていて、まるで別人のように眼に映る。たぶん、これからもそれが続くのだろう。可愛らしいカチュームで髪を飾って、明るい笑顔を見せていたあの女の子は、もうどこにもいない。

いつの間にか図書室は深閑としていて、わたし以外の図書委員も利用者も、一人残らず帰ってしまっていることに気がついた。しおり先生だけが残っていて、カウンターに設置されたパソコンに向かって作業をしていた彼女が、ふと手を止めてわたしの方を見た。

「もう遅くなっちゃったけれど、間宮さん、大丈夫？」

「あたしは平気です。雨、そのうちやみそうだから、それまでは」

「そう」

「なにか本でも読んでます」

書架を眺めようと、立ち上がった。

それから、ふと返却台に置かれている一冊の単行本に眼が留まった。

近づいて、なんとなく手に取り、表紙を確かめる。

なんだか地味なタイトルと装幀で、そでに書かれているあらすじもひどく味気ないものだった。とても売れなさそうな本に見える。それでも興味を引かれたのには、二つの理由があった。一つには、わたしの敬愛する作家が好きな本に挙げていたタイトルだと思い出したから、もう一つは、この前、三崎さんがこの本を借りていったのを見かけたからだった。

「あ、間宮さん、センサーに引っかかった？」

肩が凝ったのか、腕を回しながら、先生が近づいてくる。

「いえ、なんとなく」

「それ、すごくいい本だよう」

わたしは手にしたそれをひっくり返したりして、装幀を確かめた。たぶんここ数年の間に出たものだろう。そんなに古い本ではなさそうだ。

「なんか、地味な感じの本ですね」

「そうかもしれないね」しおり先生は笑う。「わたしは、花布の銀がワンポイントで好きなんだけれどね。ブッカーがかかってるからわからないと思うけれど、表紙の手触りにも、なかなかこだわりが見えるんだ」

「ハナギレって？」

「ああ、ほら、ここ」

先生はわたしが手にしているハードカバーの一箇所を、ひとさし指で示す。

背表紙の上端からは紐状の栞が垂れているけれど、その栞がくっついている箇所だった。そこにとても薄い銀色の布が、上端の僅かに曲がった形状に合わせて、アーチ状に貼られているのが見える。

確かにそこだけが、きらりと輝いていて、地味なこの本をおしゃれに飾っている。

「ここが、ハナギレっていうんですか」

「そうそう。花の布と書いて花布ね。ハードカバーには、みんなついているの。昔は、本って糸を交互に通して、紙を背で縫いつけていたのね。その糸がここからちらりと見えて、装飾みたいに見えたの」

「昔はってことは、今は違う？」

「うん。今はね、糸じゃなくて糊でつけているから、ここに覗いているのは残念ながらイミテーション。けれど、本を装飾する要素の一つになるから、まだ残されてるのね」

「こんなの、気がつかなかったです……」

わたしはちょっと信じられない思いで、返却台にある他のハードカバーの本を手に取った。確かに、同じように赤だったり青だったり緑だったり、装幀のデザインに合わせたような色の花布が、そこから覗いていた。

「そうだね。文庫本とかにはないし、普通は気がつかないよねぇ」しおり先生はくすくす笑う。「けれど、たまにアクセントみたいに効いている色があって、そういうのを見つけると、嬉しくなっちゃうんだ。ほら、書架に収まっている本に指をかけて引き出すと、ここがちらっと覗くの。さり気ないおしゃれみたいな感じで」

「どうして花布って言うんですか？」

「うーん、どうしてだろうね。でも、日本語らしい風情ある読み方だよね。英語だと、ヘッドバンドなんだけれど」

ヘッドバンドというと、頭の飾りのことだろう。

アーチを描いたその装飾を見下ろして、連想してしまったのは、あのときユナの髪を飾っていたカチュームだった。そんなことを思い出してしまったせいか、わたしの頬の表情筋がいびつに痙攣していくのを感じる。
ぎゅっと唇を噛みしめた。
しおり先生が、わたしの顔を不思議そうに覗き込んだ。
「どうしたの？」
「なんでも、ないです」
彼女と本を置いて、元の席に戻った。
大丈夫。大丈夫。もう泣いたりなんてしない。
だって、わたしには凛堂君がいるから、きっと大丈夫。
スマートフォンのロックを解除して、そっと彼の表情を覗き込んだ。
羨ましくなんてない。寂しくなんてない。苦しくなんてない。偽物なんかじゃない。
現実逃避なんかじゃない。気持ち悪い趣味なんかじゃない。
萌香、大丈夫だよ。
凛堂君は、きっとそう言ってくれる……。
「その子、間宮さんの推しキャラ？」
後ろから響いた声に、わたしはぎょっとした。
慌てて振り向くと、申し訳なさそうな顔をしたしおり先生と眼が合う。
「ごめんね」先生はさっきの本を抱えたまま優しく微笑んだ。「ちょっと悲しそうで、心配だったから」

「えと、これは、その……、なんでも、ないです」

先生には、きっとわからない。

けれど、はっとして、スマホを握る手に力を込めた。

「先生……、推しキャラって言葉、わかるの」

「わかるよ」先生は笑った。「先生が中学生の頃は、まだそういう言い方をしていなかったと思うけれど……、でも、漫画のキャラクターに恋をしちゃって、大変だったなぁ。グッズとか、CDとかでお小遣いがどんどん消えちゃって」

少し照れくさそうに笑う彼女を、わたしは信じがたい気持ちで見上げた。

「うそ。信じられないです」

「え？　どうして？」

先生は、きょとんとする。

「どうしてって……」

「たいていの女の子は通る道じゃない？」

「そう……、なのかな……」

けれど、たとえば教室の中で騒々しく笑う女の子たちは、三次元に恋をしているはずで、わたしみたいな影の薄い人間は少数派のはずだった。それに、そう、いつもにこやかで、みんなから親しまれているしおり先生は、どちらかといえば教室で陽光を浴びている女の子に見えた。わたしがそう言うと、先生は首を傾げて、気恥ずかしげに笑った。

「そんなことないよ。先生だって、子どもの頃は引っ込み思案だったんだから。教室に居場所がないように感じちゃって、いつも図書室に籠もって、漫画ばかり読んだりしてたよ」

「漫画ばかり？」

「そうそう。先生に呆れられちゃって、ちゃんと小説も読むように言われて、そこから泥沼かなぁ。青春小説や推理小説にも、カッコイイ男の子とか出てくるじゃない？　より妄想を刺激されるっていうか」

「そう、なんだ」

ひとさし指を顎先に添えて、先生は昔を懐かしむみたいに、遠くに眼を向けていた。

わたしはスカートの上に置いたスマホをぎゅっと握り締めて俯く。

「先生」

「なに？」

「二次元に恋をするって……、やっぱり、ヘンですか」

その質問には勇気が必要だった。それこそスマホのケースが軋(きし)みそうになるくらい、わたしは指先に力を込めて、怖々と問いかける。

「好きになる相手は、選べないからねぇ」

先生は、小さく吐息を漏らしながら、わたしの隣の椅子に腰を下ろした。

彼女はわたしに身体の側面を向けたまま、カウンターに頬杖をついた。書架の方に視線を投げかけるようにして、手にした単行本を片手で弄(もてあそ)びながら。

「たぶんね、恋愛って、二つのステップがあると思うの」

「二つ？」

「うん。その人を好きになって、自分の気持ちにどう折り合いをつけるべきなのか、もやもやとするのが最初のステップ。その次は恋が叶ったあとに、二人でお互いを見つめ合って、知らなかったことを知っていくステップ」

「それは、なんとなくわかりますけれど。最初のステップって、要するに片思いでしょう？」

「同じなんじゃないかな。好きな人が実在していても、していなくても。自分の気持ちにどう向き合ったらいいかわからなくて、もやもやして、切なくて、苦しくなって……。そこから先に進めるかどうかの違いはあるけれど、少なくとも、同じようにつらい思いをすることに、違いはないと思うよ」

どうなのだろう。わたしはスマホを握り締める拳に眼を落として、先生の言葉の意味を考えた。確かに片思いをしている間だけなら、相手が三次元だろうと二次元だろうと、そう大きな違いはないのかもしれない。

「遠くから見ているだけで、幸せなこともあるし、苦しいこともある。その気持ちは、同じだよ」

わたしは、凜堂君のことを遠くから見ていることだけしかできない。それは日々が楽しくなるくらい幸せな時間でもあるし、同時に切なくて死んでしまいたいくらい泣きたい時間でもある。

ユナも同じだったのだろうかと、彼女の髪を飾るカチュームや、廊下の隅で泣き腫らした眼を思い返した。彼女も瀬谷くんを遠くから見て幸せを感じたり、息苦しさを感じていたのだろう。そういう意味では、わたしたちの想いに違いはないのかもしれない。

けれど、ユナはそこから一歩を踏み出すことができた。

わたしには、それがたまらなく、羨ましい。

だから、わたしは、あんなことを言ってしまった。

だから、ユナは、あんなことを言った。

現実から逃げていて、気持ち悪いだけだって。

そしてわたしは、そんなこと、とっくに知っていたのだ。

「気持ち悪く、ないですか」質問するわたしの声は、なんだか醜く震えていた。「本当は存在しない相手を、好きになるだなんて、ただの現実逃避みたいで」

「そんなことないよ。むしろわたしは、その感性を誇ってほしいと思う」

先生の言葉の意味がわからず、わたしは顔を上げる。

「どういう、意味」

笑みを浮かべて顔を覗き込んでくる先生が、わたしの髪をくしゃりと撫でつける。

「間宮さんは、漫画や小説を読んで、心を動かされて泣いたり、悲しくなったりすることがあるでしょう。存在しない人を想って、泣いたり怒ったり、悲しんだりするのは、気持ち悪いこと？　ただの現実逃避？　その人を好きになる気持ちと、どう違う？」

わたしは、彼女の指先の接触にくすぐったさを覚えながら、反論のための言葉を探していた。けれど、なにも出てこない。

「それは……」

「同じだよ。間宮さんは、たとえ架空の中であっても、そこに一人の生きている人間を見出すことができるの。誰かを慮って、心を動かし、考えることができる。その感性は、誰もが持っているものじゃない、とても得がたいものなんだと思うよ」

「でも、あたしは……」

たとえ、どんなふうにフォローしてもらっても、否定しがたい事実がある。

「叶わない恋は、つらいです」

漏らした言葉に、ぽつりと先生の言葉が追いかけてくる。

「そうだねぇ。つらいねぇ」

図書室は静かだった。

雨が窓硝子を叩く音だけが、淡々と鳴っている。

「けれど」

少しの沈黙を挟んで、先生が呟いた。

「けれどね、相手がどんな存在であれ、誰かを好きな気持ちは、きっと生き続けて、いつか他の誰かを大切にしてあげられるようになると思うよ」

わたしは顔を上げた。先生はカウンターに頬杖をついて、窓の方に眼を向けている。口元が、なにかを思い返しているみたいに、小さくほころんでいた。

「そのうち三次元の男子を好きになるってことですか」

「ううん。恋をすると、変わるっていうでしょう。きっと恋をすると、その人の本質が磨かれるんだと思う。綺麗になりたい。優しくなりたい。強くなりたい。毅然としていたい。誰かを好きだと思う気持ちは、その誰かのためになにかをしてあげたくて、そして自分を変えようとするの」

先生の手が、カウンターに伏せられたハードカバーの装幀を撫でた。

その背表紙の上端から覗く、きらきらとした銀色の花布を、彼女のひとさし指が弄んでいく。

「先生はね」彼女はちょっと照れくさそうに笑った。「高校生の頃に好きだった男の子が、読書家でね。彼とたくさん本の話をしたくて、彼に負けないくらい読書をしようとして、それでいろんなジャンルの本を読むようになったの。その子は自分の知らない本をもっとたくさん読みたがっていたから。わたしがその子にたくさんの本をお勧めしてあげたいと思って……。結局、その恋は叶わなかったけれど、でも、その気持ちは、ぜんぜん無駄になったりしていないよ」

はにかんだように笑う横顔から眼を落とし、しおり先生のひとさし指を追いかけていく。

白い指が弄ぶ銀色を見つめて、先生は大人なのだと思った。

そうして、わたしはただの子どもなのだと気づかされる。

ユナは、瀬谷くんのことを想って変わりたいと願ったのだろう。綺麗になりたい。可愛くなりたい。そうして自分を変化させて、あのカチュームで髪を飾ったのだ。けれど、わたしは子どもだった。凛堂君のことを想っても、ただ嘆くだけでなにも変わろうとはしない。それだけじゃない。見てほしい、知ってほしい、愛してほしい、そうした一方的な欲求が湧き出るばかりで、彼に対してなにかをしてあげたいと考えたことなんて、一度たりともなかったかもしれない。

だって、凛堂君はカッコよすぎて、わたしなんかに、なにができるだろう。

好きな人に、なにかをしてあげたくなるのが、恋なのだとしたら。

わたしは、たぶん、まだ本当の恋をしていない。

わたしにも、あのカチューム が欲しいと思った。

それか、地味な装幀の本をほんの少しでも輝かせてくれる、銀の花布が。

自分の中で、僅かであっても輝いて見えるものが欲しい。

その光がわたしを飾るとき、いつかわたしも大切だと想う人に、なにかをしてあげられるようになれるだろうか。

*

雨がやんだので、昇降口に向かった。

そうして並んだ下駄箱の前で、ローファーに足先を通している、見知った影を見つけた。

ユナだった。

わたしは足を止めて、ブラウスの胸元に手を当てる。

心臓のあたりをぎゅっと摑んで、しばらく息を潜めていた。

彼女はわたしに気づいていないから、きっとこのままだと先に校舎を出てしまうだろう。

だから、気まずさに顔を伏せたいのなら、ここでじっとしていればいい。

手を当てた胸が、どきどきと高鳴っている。

抱いた恋が、いつも暴れて引き裂こうとする心臓。

わたしは、まだこの気持ちを捨てられそうにない。

たとえこれが偽物で、本物とは違いすぎるのだとしても、だって、誰かを好きだという気持ちは、そう簡単には捨てられないから。

誰かになにかをしてあげたいと願うのが恋なのだとしたら。

まだまだ本物の恋をする予定はないし、わたしにとっての銀の花布は、見つかりそうにもない。だから、好きな人にしてあげたいことなんて、まだなにも思いつかないけれど。

でも、大切にしたいと思う友達なら、いるかもしれない。

その人に、してあげたいことがあった。

「ユナ」

そう呼びかける声は、とても震えてしまっていたけれど、振り返る彼女の表情を見て溢れ出す気持ちがあった。

ねぇ、ユナ。

失恋をしたときは、楽しいことをして、ぜんぶ忘れちゃおうよ。

わたしたちは、久しぶりに肩を並べて歩いた。

どちらからともなく、お互いにごめんねと言ったけれど、なにに関してのものなのか、触れることはなかった。

説明なんてない。

そんなのがなくても、わたしたちは通じ合えるから。

それから、これまでのぎこちなさが嘘だったみたいに、わたしたちはくだらないことで笑い合って、いつもそうしていたように凛堂君の話をした。ユナは最近の凛堂君の活躍を聞きたがった。彼女に懇願されて、駅の近くにある喫茶店へと入っていく。高校生みたいな寄り道にドキドキしながら、カウンターに並んで座って、おしゃれなドリンクから伸びるストローを咥え、スマートフォンをワイファイに繋ぐ。

伸ばしたイヤフォンを、お互いの耳に押し込んだ。

二人で肩を触れ合わせながら、共に小さな画面を覗く。

「凛堂君のこと、もういいんじゃないの」

わたしがいじわるを言うと、ユナはふてくされたみたいに頬を膨らませた。

それから、観るのを中断していたというアニメの続きを、二人で一緒に観た。

止まっていた時間が、再び動いていくのを感じる。

この切なさと興奮は、けれど、どうしようもなく本物で。

凛堂君の活躍に黄色い声をあげながら。

「やっぱり二次元が最高だわ」

わたしたちは、どちらからともなく、そう呟いていた。

煌めきのしずくをかぶせる

本を買うときは、必ずカバーをかけてもらう。

自分の趣味を知られることは、なんだかとても恥ずかしいことのように思えて、本屋さんのレジに本を持って行くことすらためらってしまう。だから、図書委員の仕事をしていたとしても、学校の図書室で本を借りることはめったにしない。

それでも、図書委員に任命されてしまった以上は、特に用のないこの場所で時間を過ごさなくてはならない。校則で禁止されているけれど、誰も見ていないからいいだろうと思って、カウンターで留守番をしながら、カバーをかけた漫画に眼を落としていたときだった。

静かな図書室では珍しいことに、テーブルで勉強をしていたらしい男子二人組のおしゃべりが耳に飛び込んできた。二人の男子は、司書のしおり先生について話をしているらしかった。どうやらその話題は、先生の年齢についてらしい。

確かに先生の年齢は、わたしもちょっと気になっていた。彼らの間では、先生は二十代前半かそれとも後半なのか、というどうでもいいところで意見が割れているようだった。ばかばかしい二人の論争は平行線を辿っていたけれど、やがて一人の男の子がこんなことを言い出した。

「前に聞いたんだけど、しおり先生の名前に使われてる漢字の一つって、先生が生まれたとき、ちょうど使えるようになったらしいんだよ」

「つまり？」

「その漢字がなんなのか調べたら、先生の生まれた年がわかるってことだろ！」

　人の名前に使うことのできる漢字というのは決まっていて、それが時代の変化と共に増えているらしいということは知っていた。二人はその名案に大いに盛り上がっている。

　先生の名前は苗字（みようじ）しか字を眼にする機会がないから、しおりという名前にどんな漢字が当てられているのかは知らない。けれどその名前の響きを、わたしは素直に羨ましいなと感じていた。とても綺麗で、彼女の性格に合っていると常々感じていたからだった。

　それに対して――。

　わたしは手にしていた漫画を膝の上に置き、それにかかった書店のカバーを指先で撫であげた。

　他人に知られたくないことは、たくさんある。

　たとえば読んでいる漫画のこと、自分が打ち込んでいる趣味、そして将来の夢――。

　けれど、なによりいちばん、わたしがひとに知られたくないことがある。

　それは、わたしの名前についてだ。

＊

開いた左手を、じっと見つめる。

それから、捉えた情報を逃さないように、すばやくシャーペンを動かした。

指を曲げて関節の動きを確かめたりしながら、その特徴をルーズリーフに描き写していく。指のかたちだけじゃない。爪の丸みとか、そこに当たる光の質感とか、動きと共に刻まれる皺とか。それらをなるべく再現するよう、まっしろなページにわたしの左手を描き写す。

うん、なかなかいい感じだと思う。

外の廊下を、女の子たちがはしゃぎながら駆け抜けていくその声が響く。それとは正反対に、わたしが閉じこもるこの教室は、みんなから忘れ去られたみたいに静謐だった。

電灯をつけなければ、ここは灰色の曇った空のような暗さで、誰かが入ってくる可能性は微塵もない。

いつも、わたしはここで絵を描いている。ここでなら、わたしを見て嗤う子はどこにもいない。わたしの名前を口にされることも、わたしの名前を知られることもない。誰の眼を気にする必要もなく、この場所でわたしは自由に絵を描くことができた。

手先を描く練習を始めたのは、美術の授業で出された課題がきっかけだった。もう少し丁寧に、いろいろなかたちの指を描けたら、キャラクターにもっとたくさんの表情をつけられると思った。描こうとしている漫画にもきっと役立つはずで、そのことを想像すると、いくらでも集中して練習することができる。

気がつけなかったのは、だからなのかもしれない。

「すごいね。それ、美術の課題？」

その声に悲鳴がもれそうになって、わたしは不意の冷気にさらされたみたいに身体を震わせながら、肩越しに振り返った。

女の子が立っていた。

知らない子だったけれど、一目見てわたしとは違う生き方をしている子だと感じた。色白で、すらっとしていて、髪をゴムでお洒落(しゃれ)にまとめあげ、ほんの少し制服を可愛らしく着崩している。暗がりの中、彼女の周りにだけ陽が当たっているように錯覚した。きっと漫画だったら、コマをぶち抜いて登場することが赦される子だ、と思った。

彼女は自販機で買ったらしいジュースのパックを手にして、そこから伸びるストローをピンクの唇で咥えていた。大きな瞳は、わたしが机に広げているルーズリーフに向けられている。

どうしよう。

見られた。

わたしは反射的に、散らばっているルーズリーフを両腕でかき集めた。

すると、女の子が笑って言う。

「え、なんで隠すの、うまいじゃん」

「でも」

戸惑いながらかすれた声をあげると、女の子は前の席から椅子を引き出した。まるで友達の席に着くみたいな動作で、わたしの向かいに腰を下ろす。

「見せて見せて」

屈託のない笑顔を見せられて、わたしは流されるように、ルーズリーフを覆っていた腕をどけてしまう。女の子は遠慮ない様子で、そのうちの何枚かを手にすると、大きな瞳を更に見開くようにして声をあげた。

「うわ、すっご！　マジか、絵、超うまいじゃん」

一枚ずつ、それをひっくり返したり、後ろに回したりしながら、彼女は驚きの声をあげた。

「絵描くの好きなの？」

大きな瞳が、わたしの方を見る。そこで、初めて視線が合ったような気がした。狐みたいに少し吊り上がった眼で、睫毛が長かった。わたしは眼を落として、もごもごと口を動かす。

「そう……、だけど」

「そっか。マジすげえじゃん」

彼女はそう笑ったけれど、わたしの返事が悪かったのか、会話はそこで途切れてしまった。見ると、女の子はもうわたしに眼を向けておらず、手にしたルーズリーフに視線を注いでいた。

どうにも、人と話をするのは苦手だ。

小学生の頃から、ずっとそうだった。こういう子たちは、いつも教室の中で眩しく輝いていて、わたしとの関わりがあるとすれば、それはわたしの名前を口にしながら、指をさして嗤うときくらいなものだから。

彼女が手にするルーズリーフと、そこに視線を注いでいる彼女をちらりと覗く。わたしは、自分の心臓が激しく音を立てていることに気がついた。血液が沸騰しているみたいに頬も熱くて仕方がない。妙な汗もかいていた。そんなふうに熱心な眼差しで、誰かに自分の描いたものを見られるのは初めてのことだった。

「ねぇ、これ、もしかして要らないやつ？　もらってもいい？　めっちゃイイこと思いついたんだけれど」

ふと眼を上げた彼女が、そう言った。

彼女が示したルーズリーフには、大したものが描かれているわけではなかった。ただ手を大きく描いたものだ。わたしの指を描き写したわけではなく、漫画に活かせるようにデフォルメしてあって、たとえば美人のヒロインだったら、こんな指のかたちをしているかもしれないと、長く綺麗な指先を想像して描いたものだ。わりと乱雑に描いたし、失敗とも言えるできだったから、ほとんど落書きみたいなものだ。他人から見て、価値があるようには思えない。

「べつに、捨てようと思ってたから、いいけれど……、なにに使うの」

女の子のキャラクターなんかを落書きしたものだったら、それを持ち去られて、こいつ女のくせにこんな絵描いているんだよって、嘲笑される可能性もある。そういう経験があったから、わたしはじゅうぶんに警戒して彼女に訊いた。

「練習に使うんだ」

「練習？」

すると彼女は、自分の鞄から大きく膨らんだ可愛らしいポーチを取り出した。それを机の上に置くと、なにが入っているのかごとりと重たい音が鳴った。そのポーチから次々と取り出されるものを見て、わたしは眼を丸くする。

出てきたのは、色とりどりの、魔法の小瓶だった。

小さな瓶の中に、カラフルな宇宙が閉じ込められている。魔法の言葉が綴られているみたいに、呪文のようなアルファベットがお洒落なラベルに刻まれていて、封じられた色彩豊かな宇宙の中に、きらきらと光る星々が浮かんで見えた。そんな小瓶を、彼女はいくつも取り出して並べてみせた。

なんなのこの子、魔法使いなの。

「なにそれ」

「なにって、ネイルだよ」

当然のことのように、彼女は言う。

「この絵に塗ってみていい？」

「え？」

意味がわからず、わたしは訊き返した。けれど興味を引かれたのだろう。気がつけば、わたしは彼女が並べた小瓶に視線を注ぎながら、頷いていた。

「どれにしようかな」

彼女が取り上げたのは、薄い紫の小瓶だった。慣れた手つきでその蓋をひねると、キャップの裏側に小さな筆がついているのがわかった。お兄ちゃんがプラモ作りで使っていた接着剤みたいだ、と思ったとたん、それとまったく同じ異臭がつんと鼻を突いた。

「ごめん。ちょっと我慢してね」

彼女は苦笑して、それから、細い筆の先をルーズリーフに向けた。

わたしが描いたひとさし指の爪。

そこに、筆先が近づいていく。

降りた筆がさぁっと動くと、まるで魔法みたいに、そこに宇宙が生まれた。

爪の先が、鮮やかな紫に染まって。

星々の輝きのようなラメが、窓から射し込む夕陽を浴びて煌めき始める。

「思ってたとおり、綺麗じゃん。やっぱあたし天才だわ」

女の子は嬉しそうに声を弾ませて、筆を動かした。

次から次へと、描いた指の先に、宇宙が生まれた。

きらきらとした鮮やかな色彩が、親指、中指、薬指に広がっていく。

それだけで、モノクロの退屈な指先が、とても美しいものに見えた。

「すごいね」

わたしは、思わずそう呟いていた。

「でしょ？」

彼女はわたしを見て、笑って言う。

「これ見たとき、ピンと来たんだよね。この絵に塗っても、絶対に綺麗だって。ほら、実際に爪に塗ってみないと、どんな感じになるかわからないけれど、これなら少しは練習になる気がする」

架空の指先をネイルで飾った彼女は、そのルーズリーフを掲げて満足そうに笑った。それを夕陽の光で透かしてみながら、「色を重ねても大丈夫そうかなぁ」と呟いている。

それから、わたしを見て言った。

「そうだ。ねぇ、名前は？　あたしは、倉田（くらた）っていうんだけれど」

「えっ」

わたしは言い淀んだ。

「その……、田中だけど」

「田中なにさん？」

「ええと」

屈託なく訊いてくる、彼女の笑顔が、あまりにも眩しくて。

そんな光に、相応しい存在になりたいと、そう考えてしまったのだろう。

「ルイコ……」

眼を落とし、そう呟いていた。

「ルイコ？　どういう字？」

「えっと……。涙の、子って」

「へぇ、可愛いじゃん」

倉田さんは、感心したように頷いた。

「それじゃ、ルイルイって呼んでいい？」

ルイルイ。

なにそれ。笑えるんだけれど。

でも、そのあまりにも魅惑的な提案に、わたしは愚かしくも頷く。

そう頷いてしまってからでは、あまりにも遅すぎたけれど。

わたしは、この胸が後悔と共に、ずきりと痛むのを感じていた。

＊

それから、放課後のあの空き教室で、ときどき倉田さんと会うようになった。

わたしがこの場所を秘密の隠れ家にしていたことに、彼女は半ば気づいていたらしい。いつも誰かが教室にいる気配があるなと感じていたらしく、あのときはとうとう気になって扉を開けてみたのだという。

この限られた時間で行われるわたしたちの交流は、傍目には奇妙なものに映るのかもしれない。わたしがまっしろなルーズリーフに様々なかたちの手を描き写し、倉田さんがその爪の先に色彩を与える。まるで魔法のしずくが垂れたように、虚構の指先が鮮やかな色彩に染め上げられていくのを、わたしは溜息を漏らしながら見守った。

倉田さんが放課後の空き教室にやってくる日は、まちまちだった。彼女とはクラスが離れていて、ほとんど接点がないから、わたしたちが言葉を交わすのはこの灰色の教室でだけ。ここに顔を見せたとしても、彼女がいるのは長くてせいぜい二十分程度で、わたしはいつも、慌ただしく教室を出て行く彼女の背中を見送ることになる。彼女はポーチにたくさんの魔法の小瓶を詰め込んでいたけれど、それを使う機会はほとんどないらしい。わたしたちは中学生だし、それを使うことは校則で禁じられているから、当然といえば当然だった。

「あたしさ、ネイルアーティストになりたいんだよね」

ルーズリーフに描かれた爪の先に、可愛らしいピンクを薄く重ねながら、倉田さんははにかんで言った。わたしは、なかなか慣れない強烈な臭いを我慢しながら、彼女のための指先を描き下ろしていく。倉田さんはよく喋(しゃべ)った。わたしは登校してから放課後まで、一度も口を開かなかったせいかもしれない。彼女にうまく言葉を返せなくて、いつも黙り込んでしまうのだけれど、そんなわたしを気にすることもなく、彼女は楽しげに自分の話を続けていく。

「ルイルイが、白い紙に絵を描くのと同じだね。あたしにとっては、この小さな爪の先がキャンバスなわけだ」

普段は自分の爪に塗って家で練習をしているけれど、そのまま登校して先生に見つかると怒られてしまうから、すぐに除光液で取り除かなくてはならない。けれど、ルーズリーフに塗るだけなら、短時間で様々なネイルの塗り方を練習することができる。ほんものの爪に比べれば発色に大きな違いがあるし、勝手も違うようだけれど、それでもじゅうぶん参考になるらしい。だから、倉田さんはわたしが描き下ろす、虚構の指先を必要としていた。

絵のコピーをとって、それを倉田さんに与えることはとっくに思いついていたけれど、わたしはそのアイデアを口にしないで、彼女の指先を見つめながら、まっしろなルーズリーフに新しい指先を描き下ろす。少し骨っぽいひとさし指の、まるい爪のかたちを、シャーペンの先を使いながら丁寧に写し取った。

わたしが描く指のかたちが、毎回少しずつ違っているのに気づいて、倉田さんは喜んでくれた。なんだかネイルサロンを開いたみたい。毎回、違う人が来てくれて、いろんな爪に作品を描いている気分。彼女はそう笑って、わたしに訊いた。

「ルイルイの夢は？　イラストレーターとか？」

「わたしは」

わたしはそこで、言い淀んだ。

誰にも、そんなことを言ったことがなかったから。

ほとんどの子は、わたしが絵を描くことを知っても、指をさして嗤うばかり。

その名前でデビューしたら？　ペンネーム、必要なくていいじゃん！

けらけらけら。

意地の悪い嗤い声が、耳に甦っていく。

「わたしは、その」

でも、どうしてだろう。

いちばんの秘密を、明かすことは倉田さんに聞いてほしくなっていた。

わたしは、その秘密を倉田さんに聞いてほしくなっていた。

「漫画家に、なれたらいいなって……」

そう呟いてすぐ、身の程知らずだと、そう嗤われるだろうかと後悔し、怯えた。

「うっそマジ？　すごいじゃん！　どんな漫画描きたいの？」

けれど倉田さんは、筆を動かす手を止めて、大きな瞳をきらきら輝かせるようにしながら、勢い込んでそう言った。それから彼女は矢継ぎ早に質問をしてくる。たとえば、どんな漫画が好きなのかとか、なにかもう漫画を描いたことがあるのかとか、影響を受けた作家は誰なのかとか、そういうことを、わたしの回答を待つことなく、次から次へと唾を飛ばすような勢いで訊いてくる。わたしはあぜんとして、しどろもどろになりながら、どうにか一つ一つ彼女の質問に答えていった。嫌なことがあったとき、漫画を読んで感動して、自分も挑戦してみたくなった、という話をたどたどしく。習作だけれど、漫画を描いたことがある、と言うと、倉田さんは是非それを読ませてほしいと言う。わたしは、その作品は恥ずかしいから、今描いているものが最後まで描けたら、それを読んでほしい、と、自分でも嫌になるくらい、小さな声でつっかえそうになりながら、そう告げた。

「その……、もっと、練習しないと、いけないから」

自分の作品を、誰かに読まれるなんて、想像もしていなかったから。

もっともっと、線を綺麗にして完成度をあげないと、とてもじゃないけれど、見せられない。

「練習かぁ」

残念そうな顔を浮かべた倉田さんは、そう呟くと納得したように頷いた。

「そうだよね。うん、わかりみが深いわ。練習は大事。あたしも、紙に塗るだけじゃなくて、ちゃんと本物の爪に塗らないとダメだ。どうして学校って、ネイル禁止なんだろう」

どうしていけないのか本気でわからない、という顔をして、倉田さんは首を傾げた。

わたしもよくわからない。校則で禁じられているからダメなのはわかるけれど、どうして禁止されているのか、その理由はうまく言葉で言い表すことができなかった。たぶん、漫画を持ち込んで読書するのがダメなのと同じ理由なんだろう。だとしたら、わたししたちは共に、学校から不要だと判断されているものを生み出す仕事を、将来の夢にしていることになる。わたしたちはどちらも、学校が禁じているものに心を動かされて、夢を抱いていた。

わたしと倉田さんは、まるで違う生き方をしているけれど、そこだけは同じなのだ。

わたしは俯いて、唇を結んだ。どうしたの、と倉田さんが訊いてきたけれど、わたしはなんでもないよ、と呟いて、静かに首を振った。

倉田さんは、ときおり友達の爪にネイルを塗るらしいけれど、校則で禁止されているせいで、それは金曜日の放課後くらいにしかできないらしい。金曜日の放課後に塗れば、土曜と日曜の二日間は、ネイルを施した指先を楽しむことができるというわけだった。

「ねぇ」

わたしは言った。倉田さんが、ルーズリーフに描かれた五つの爪の最後に、白いドットを描き込み終えたときに。

彼女は不思議そうに顔を上げた。

「ネイルって、どういう感じなの。わたし、したことがないから」

したことがないから。

したことがないから、だからなんだというのだろう。

わたしはシャーペンを置いて、指を差し出す。

「ルイルイにも、していい？」

わたしは、なんだかとてもいけない遊びに誘われているような気分になりながら、そっと頷く。でも、わたしと倉田さんの夢に共通する部分があるのだとしたら、べつにこれは怖いことでも、いけないことでも、なんでもないはずだった。ただお気に入りの漫画を貸し借りするときのように、わたしは彼女に爪を差し出すだけでいい。

きっと、そのはずだ。

初めてのネイルは、やっぱり接着剤のにおいがして、そしてとてもくすぐったかった。

誰かの指先が、こうしてわたしの指先に触れるということが、なんだか奇妙なことのように思えてしまう。こんなふうに、他人に触れられるのは久しぶり。体育の時間を除くと、小学生のときに、わたしの名前を嗤いながら肘で小突いたり、足を引っかけようとしてくる男の子たちの接触くらいしか思い出せない。そのせいで、余計にくすぐったく感じてしまうのだろう。わたしの指に倉田さんの温かい皮膚が重なると、なんだか胸の奥まで、とてもこそばゆくなってきてしまう。

倉田さんが施す魔法は、わたしのひとさし指の爪にだけ。

すぐに消すことになってしまうから、と彼女は言った。

爪の先が、薄いピンクにてらてらと光っている。

「どう？　可愛いでしょう」

倉田さんは、そう誇らしげに言うけれど、この輝きがわたしなんかの指に似合うのかどうかは判断がつけられない。けれど、すぐに消してしまうなんて、とても惜しいな、と思った。だから、わたしは絵の参考にしたいからと呟いて、ひとさし指の爪をスマートフォンのカメラで撮影する。倉田さんも、きれいな発色になったからとカメラを向けた。灰色の教室に、何度かシャッター音が響いた。それのどこがおかしかったのか、倉田さんはわたしと眼を合わせるとくすくすと笑い出す。わたしも、なにがおかしかったのかなんてわからないけれど、つられたように笑う。学校で笑うのは、ずいぶん久しぶりなような気がした。

射し込む夕陽が眩しくて、教室の中が、きらきらと黄金色の光で染まっていく。そろそろ帰らないといけないから、と倉田さんは除光液を使って、わたしの爪を拭った。コットンで何度かこすると、魔法はあっさりと消えてしまう。自分の本来の爪の色は、なんだかとても退屈な色をしているなと感じた。わたしは、彼女の魔法がどれだけ鮮やかにわたしの爪を彩ったか、その感想を伝えたかったけれど、言葉を探しているうちに、彼女は午前零時を迎えたシンデレラみたいに教室を去って行く。またね、と笑ってくれる彼女に、またね、と言葉を返すのが精一杯だった。たとえば、次に来てくれるのはいつなの、という質問を挟むことすら、わたしにはできそうにない。

少し絵を描いてから教室を出ると、廊下を歩いているときに、同じ学年の女の子たちとすれ違った。肩越しに、堪えるような笑い声が届くのを感じる。

「ねぇ、知ってる？　あの子の名前ってさぁ……」

「え、なになに？」

「田中ティアラって言うんだよ。ティアラ！」

「マジか！　田中なのに！　あの顔でティアラ！」

くすくすと、楽しげな声色。

唇を噛んで、きゅっと拳を作り、ずんずんと廊下を歩く。

兵隊が行進するみたいに、ひたすらに歩いた。

爪の先が、掌に、そっと食い込んでいくのを感じる。

田中涙子。

そう。それが、ほんとうのわたしの名前。

涙子と書いて、ティアラと読む。

おかしいのは、知っている。だから、そんなふうにくすくすと声をあげないで。わたしだってそう思うよ。なんなの。ティアラって。どうして涙の子って書いて、ティアラって読まないといけないの。涙が英語でティアだから？　それなら、ラはどこから来たの。おかしいよね。笑えてくるよね。本当に、知っているよ。小学生の頃から、みんなにたくさん嗤われてきたもの。それがどんなにおかしくて、どんなにわたしに不似合いな名前かだなんて、ご丁寧に教えてもらわなくても知っている。

込み上げてくるものを必死に堪えながら、帰路を歩いた。

帰宅をしても、お母さんは仕事に出かけているようで、わたしはすぐに自分の部屋に閉じこもった。それからベッドに転がり、電灯の光を受けて光る爪の表面をじっと見つめる。

だいたい、なんなの、涙の子って。

生まれたときから、宿命付けられているみたい。

こんなふうに、毎日毎日、涙を流すことを。

ルイルイ。

わたしのほんとうの名前を、倉田さんは知らない。

もし、わたしのほんとうの名前を知ったら、倉田さんもあの女の子たちのように声を潜め、とっておきのニュースを告げるように、友達と嗤うのだろうか。

鼻を近づけて爪の匂いを嗅いでみると、それだけが魔法の残り香みたいに、異臭を放っていた。

*

その日は、しとしとと雨が降っていた。

あれから、倉田さんはルーズリーフに描いた指先にネイルを塗るだけではなく、わたしの指も練習に使いたいと言うようになった。

彼女はときどき空き教室に顔を出して、ルーズリーフに様々な魔法の色彩を施し、わたしのひとさし指の爪に筆を置いた。そうして去り際に除光液を使い、ひとときの魔法をわたしの指先から奪い取っていく。そんな日々が続くようになった。

赤やピンク、白の水玉、キラキラとしたラメ、紫、マーブル模様……。

時間をかけて色を重ねていくと、違った色合いになっていくのが面白い。

本当に、絵の具のようだ、と思った。

静かな雨音を耳にしながら、熱心にわたしの爪へと筆を滑らせる彼女へ、わたしはそんな感想を漏らした。

「ルイルイは、絵に色を塗ったりしないの？」

最後の仕上げなのだろう。そう問いながら、彼女は慎重な手つきで、わたしの爪に銀のラインを引いている。彼女の顔が指先に近づくと、吐息が吹き掛かって、どうしてか、わたしはどきどきするのを感じていた。

「その……、画材は、お小遣いじゃ足りないから。コピックとか、あまり持っていなくて」

だから、わたしが描くものはモノクロの景色ばかりだった。でも、イラストレーターになりたいわけじゃないし、漫画を描くぶんには、カラーでなくても今のところはそんなに困らない。なんとなく窓の方へ顔を向けると、まだ早い時間帯のはずなのに、梅雨の小雨のせいで空は灰色に染まっていた。倉田さんは、今日は雨がやむまで、ここにいるつもりだという。

「ふぅん、そっか、確かに色を揃えるのはお金かかるよね」

「倉田さんの、それは、自分で買ったの？」

「お母さんからもらったものもあるよ。あとは百均で買ったりとか」

できたよ、と告げて、倉田さんは魔法の小瓶の蓋を閉める。それですぐに匂いが消えてくれるわけではないのだけれど、最近のわたしは、この匂いにもだいぶ慣れてきたような気がする。そんなことを思っていたら、ふと思い立ったように倉田さんが言った。

「あ、そうだ。さっき描いていたイラストあるでしょ。見せて」

倉田さんがルーズリーフの爪を相手に練習している間、わたしは次に描こうと思っている漫画のキャラの衣装を検討していた。ファンタジーの世界で、お姫様が着るみたいなドレス。まだまだ既存の作品を参考にしているところが多くて、ヘンテコかもしれないけれど、納得のいくかたちになるまで、落書きを繰り返していた。

「これ？」

わたしは、白いルーズリーフを取り出した。そこにドレスを着た女の子が、ちょっとやる気のないポーズで立っている。顔も髪型も、ほとんどラフで、落書きみたいなイラストに過ぎない一枚だった。

「そう。これこれ」

眼を輝かせたまま、そのルーズリーフを手に取って、倉田さんが言う。

「このままでも可愛いけどさ、これで塗ったらさ、めっちゃ綺麗になるんじゃね？」

その名案に、心が躍らないはずがない。

やってみて、と勢い込んで言うと、倉田さんは今にもポーチから溢れそうな小瓶のいくつかを取り出す。色を吟味するようにして選んだあと、蓋を外して魔法の封印を解いた。独特なあの匂いと共に、彼女の骨っぽい指が筆を操って、わたしの描いた稚拙な衣装を、鮮やかに色づかせていく。

まるで、流れ星が夜空に尾を引いて、線を描くように。

きらきらとした銀河が、安っぽかったドレスを輝かせる。

「すごい」

ネイルの道具が、こんなふうに使えるだなんて、想像したこともなかった。

「ルイルイも、やってみなよ」

「いいの？」

「きっとこういうのは、ルイルイの方がうまいよ」

どきどきしながら、わたしは彼女から魔法の筆を受け取った。

そっと線を引いてみると、ドレスの余白に、宇宙が生まれる。

黒くて、きらきらして、銀に光っていた。

「もっと塗ってみていい？」

「気にしないで、どんどん使っちゃって」

わたしは、ドレスを黒く染めていく。

宇宙が広がる。

銀河が流れる。

星が輝いて。

月が煌めいた。

これを使ったらどう？　乾かして、この色を重ねてみたら？　このラメはすごいから試してみてよ。倉田さんの言葉に従いながら、わたしたちは世界に一つだけのドレスを作りあげていく。モノクロのイラストが色づいて輝き、キャラクターは生命を帯びたように、今にも動き出しそう。

わたしは、薄いピンクのマニキュアを、慎重に垂らす。

本当に慎重に慎重に。震えそうな手を静かに近づけて。

ちょん、と。

それは可愛らしいチークとなって、女の子の表情をぱっと明るくした。

「すごいじゃん」

倉田さんが興奮したように声をあげて、わたしも笑う。

自分で描いた落書きのくせに、こんなふうに色彩豊かになるだけで、それっぽい作品に見えるんだから、不思議なものだった。しばらく、わたしはそのイラストを見つめていた。わたしと、倉田さんの作品だ、と感じた。

「ねぇ」

彼女の声に、顔を上げる。

「雨がやんだよ」

窓の外を見ると、雲が割れていて、眩しい青空が覗いていた。

＊

スマホがメッセージを受信して、倉田さんは慌ただしく教室を去って行く。

雨がやんだら、友達と一緒に帰る約束をしていたのだという。

教室を出て行く前に、彼女は除光液で、わたしのひとさし指の魔法を消し去ろうとしていたけれど、わたしは咄嗟にそれを断った。

「大丈夫。その……、急いでるんでしょう」

「でも、先生にバレない？」

「家に除光液があるから、帰ったらそれで消してみる」

「そう？」

「それより、あの……」

「なに？」

「これ」

わたしは緊張に息を震わせながら、鞄からそれを取り出した。

クリアファイルに挟んだ、コピー用紙の束だった。

倉田さんはそれを受け取って、不思議そうな顔をする。

言葉を紡ぐには、とてつもない労力が必要だった。

「漫画……。描いてたやつ、できたから……。もし、よかったら……」

「え、マジか！　すげえじゃん！」

「ここじゃ見ないで」

ページを捲ろうとする彼女を、慌てて制止する。

「その……、恥ずかしい、から」

「そうなの？」

「うん……」

ちゃんとした原稿用紙を使っていないし、ペン入れをしているわけでもなく、トーンを買うお金もない。プロを目指すものとしては、それはあまりにも、中学二年生であることに甘えた作品だと思う。描いた内容も、ほとんどわたしの体験が基になっていて、みんなから嫌がらせを受ける女の子が、それに立ち向かう勇気を描いた、わたしの妄想に過ぎないのだけれど。

それでも。

なんだろう。

ちょっとでいいから。

わたしを知ってほしくて。

それを、ずっと鞄の底に、入れていた。

「ありがと。めっちゃ楽しみ」

倉田さんはそう笑って、教室を出て行く。

わたしは帰宅し、ひとさし指を隠しながら、お母さんとの会話をやり過ごす。

部屋に閉じこもり、ベッドに寝転がりながら、ひとさし指の爪の先を見つめた。

その魔法の色彩を見つめながら、いつの間にか眠りに落ちて。

思えば、それはとても愚かな行為だったのだろう。

＊

ひとさし指を隠し続ければ、大丈夫だと思っていた。

けれど、現実はそんなに甘くない。考えればよくわかることだった。そもそも、わたしの人生は他の子たちと比べてあまりにも障害が多すぎる。ゲームの難易度でいえば、常にハードモードなのだ。生まれ持った名前という、どうしようもない要素で嘲笑され、小突かれる人生を過ごすことを宿命付けられているのだ。意地悪な先生が目聡く（めざと）わたしの爪に気がついても、不思議なことはなにもない。神様は意地悪だ。

休み時間に、わたしは教室の隅に呼ばれた。

そこで、その指はなんなのだと問い詰められた。どうしてネイルなんかしているのか。どうしてみんなが守っているルールを守れないのかと、延々となじられ続けた。教室にいるクラスメイトたちが、遠目に何事かとわたしの方を見ている。もしかして、こういう道具を学校に持ってきているんじゃないでしょうね？　先生は容赦がなかった。わたしの鞄を手にして、中を開き、お気に入りの漫画を取り上げた。ブックカバーで隠していたそれをぱらぱらと捲りあげ、漫画を持ってくるなんてあなたはなにを考えているのとなじった。こんなくだらないものを読んでいるから、校則の一つも守れなくなるんですよ。先生は大声でそう繰り返した。わたしは唇を嚙みしめて、掌に爪を食い込ませ、涙で滲んだ眼を伏せた。今は大事な話をしているんですよ、先生の眼を見なさい！　わたしは顎を上げた。必死に隠そうとしていたそれが、熱くなって頰をぼろぼろと伝い落ちていく。ごめんなさい。すみません。もうしません。

先生の怒鳴り声とは別に、わたしの耳にはくすくすとした嗤い声が交じって届いていた。マジで、ティアラ、ネイルしてんの。ウケるんだけど。キラキラは名前だけにしておけばいいのに。名前がアレだと、勘違いしちゃうんじゃね。けらけらけら……。

ごめんなさい。ごめんなさい。わたしは喘ぎながら繰り返した。ごめんなさい。わたしが悪いんです。こんな名前で生まれてしまったのも、すぐに涙が零れてしまう泣き虫になってしまったのも、すべてわたしが悪いんです。漫画みたいなくだらないものを読んで、くだらない夢を抱いてしまったから、だから校則が守れないんです。ごめんなさい。生まれてきて、ごめんなさい。

わたしはひたすらに謝った。指導室に連れて行かれて、反省文を書かされた。漫画は没収された。倉田さんが施した美しい魔法は、除光液を含ませたコットンで強引に消された。色彩を奪い取られた爪は、乾いたみたいにカサカサになっていた。お母さんに連絡が行き、帰宅したあとも先生と同じような言葉でなじられた。こういう漫画ばっかり読んでるから悪い影響を受けるのよ！　お母さんは部屋からわたしの漫画をすべて取り上げた。それから、ルーズリーフとか、コピックとか、絵を描くためのあらゆる道具を奪い、しばらくの間、絵を描くことを禁じた。先生も、お母さんも、これまでわたしの心を支えてきてくれたものを取り上げて、それはくだらないものだと怒鳴り散らしていく。

死にたかった。

さっさと死んで、別の名前で人生をやり直したかった。

きっとその方が、ずっと楽だろう。

こんな名前で生きていたって、要らない涙を流すことになるだけだ。

なんだよ、涙の子って。

わけわかんないよ。

きっとわたしは、悲しい思いをするために、生まれてきたんだ。

お父さんは、いったいなんの恨みがあってこんな名前をつけたっていうんだろう。

文句を言いたいけれど、お父さんはとっくに死んでいるから、恨みをぶつけるためには、わたしが自殺する他にない。

けれど、わたしにそんな勇気があるはずもなかった。

お母さんに放り出されるようにして、わたしは翌日も学校に行った。

次の日も、その次の日も。

みんなに嗤われて、涙を零すのはいつものことだったから、どうにか耐えられたけれど。

あの空き教室にだけは、もう、足を運ぶことができなかった。

＊

わたしのことを、誰にも知られたくない。

ろくな目に遭わないのは、もうわかりきっているから。

それなのに、どうしてこんなにも、立て続けに最悪なことが起こるんだろう。

休み時間に、誰とも眼を合わせないよう、机に向かったまま息を殺してじっとしていたときだった。

「田中ティアラぁぁぁ」

いつものように、けらけらとした嗤い声とともに、わたしの名前を呼ぶ声がした。わたしはびくりとして、戸口の方へと眼を向ける。

そうして眼に留まった姿に、身体が凍りつきそうになった。

どうして。

どうして、よりにもよって、こんなところで。

戸口に立っていたのは、倉田さんだった。

あれから、ずっとあの教室には行っていなくて、だから姿を見かけたのは久しぶりのような気がした。

知り合いの女の子に声をかけて、わたしを呼び出してもらおうとしたのかもしれない。

眼が合うと、倉田さんはぱっと顔を輝かせて、手招きをした。

わたしは唇を噛みしめて、胃がきりきりと蠢(うごめ)くのを感じながら、どうにか立ち上がる。

血の気が引く思いで、戸口へ向かった。

「サンキュ」

わたしを呼んだ女の子に、倉田さんが笑いかける。

「けれどなんでティアラなの？」

そう、無邪気に倉田さんは訊いた。

「え、知らないの」ぷっと笑い出しながら、女の子が答えた。「こいつ、田中ティアラって名前なんだよ。涙の子って書いて、ティアラ。マジウケるでしょ」

くすくす嗤いながら、女の子がそう言った。

「え――」

不思議そうな声を、倉田さんが漏らす。

「ルイコじゃないの？」

「ティアラだって、ティアラ」

女の子が嗤っている。

嘘をついていたことが、ばれてしまった。

死んだ方がいい。

もう、おしまいだ。

わたしは、戸口の女の子を突き飛ばす。

そうして、廊下を走った。

「ルイルイ!」

声が聞こえるけれど、もうなにも見えなかった。

視界が白く濁って、急に視力が悪くなったみたいになる。

わたしはお昼休みの廊下を駆けた。逃げ出したかった。死にたかった。声をあげたかった。うめきながら、ただひたすらに走った。どこへ行こうとしたのかはわからない。昇降口へ向かって、外へ飛び出して、トラックにでも轢(ひ)かれて死ねばラッキーだったろう。けれどぶつかったのはトラックではなくて、人間だった。

場所も、道路ではなくて、昇降口に辿り着くまでの廊下だ。

女の人の小さな声があがって、なにかがばらまかれる音がした。

わたしはいつの間にか尻餅をついていた。

「田中さん？　どうしたの？」

声に顔を上げて、まばたきを繰り返す。涙が弾けるみたいに、濁った視界がほんの少しだけ鮮明になった。泣いていることを知られたくなくて、わたしは慌てて目元を擦る。

「どうしたの？　痛かった？」

わたしは唇を結んで、かぶりを振る。

「悲しいことでもあった？」

そう訊いてくるのは、司書のしおり先生だった。

廊下を歩いているところを、わたしとぶつかったからだろう。彼女の周囲にはプリント用紙がたくさん散らばっていたけれど、しおり先生はそれらに眼を向ける様子もなく、膝をついたまま不安そうな表情で、わたしの顔を覗き込んでいた。

不思議な話だった。さっきまで死のうと本気で思っていたのに、今は泣いているところを見られた恥ずかしさでいっぱいだった。顔を赤くしながら、わたしは必死にかぶりを振って、なんでもないのだと否定する。けれど、ティアラというお笑いものの名前が示す通り、泣き虫であることを宿命付けられたわたしの涙は、隠しようがなかったのだろう。先生は、そっとひとさし指をわたしに伸ばした。そのほんのかすかに光沢を帯びた爪の先を、わたしは尻餅をついた姿勢のまま、ぼんやりと見つめる。

しおり先生の指先が、わたしの涙を掬い上げた。

「ねぇ。よかったら、図書室に来る？」

＊

本当なら、注がれた紅茶の香りが、漂ってくるのかもしれない。

けれど、わたしの鼻はどろどろの鼻水で詰まっていたから、ちゃぶ台の上でほんのりと湯気を立てているカップの香りがどんなものなのか、知ることはできなかった。

「はい。どうぞ」

「いただきます……」

わたしはなんとかそう告げて、畳に敷かれた座布団の上で身じろぎをする。

先生は紅茶の銘柄を教えてくれたけれど、わたしはすぐにそれを忘れてしまっていた。

口をつけてみると、なんとなく、甘くて美味しい気がする。

「そっか、涙の子かぁ」

先生は自分も紅茶を一口飲んで、それから難しそうな表情で、そう呟いた。

有無を言わさず連行されたのは、狭苦しい司書室の中だった。

既にお昼休みが終わっている時間だったから、すぐ戻らないとあの冷徹な先生に叱られてしまうに違いなかったけれど、しおり先生はわたしを引き止めた。先生が連絡をしておくし、美味しい紅茶も淹れてあげるから、もう少し休んでいこうよ、なんていうふうに。

先生は、優しくわたしが泣いていた理由を訊ねてきた。もちろん、わたしは答えたりしなかったけれど、先生の静かな声音に誘われたような気分になって、わたしは「わたしがティアラだから」とだけ呟いた。しおり先生は、そんな意味不明なわたしの呟きに、難しそうな表情で、涙の子かぁ、と呟いたのだ。

先生は少し困ったように眉を寄せて、優しく言う。

「名前の通りに、生きる必要なんてないんだよ。先生も、自分の名前の通りに生きてる自信はないもの。涙の子だからって、泣く必要はないんだから」

わたしが黙り込んだせいだろう。先生は、わたしが泣いていた理由を探るのを諦めたのか、ぜんぜん違うことを言った。

「田中さんは、最近、漫画を読んでないね。前はよく、漫画を読んでいたでしょう」

わたしは、はっとして顔を上げる。

先生の言う通り、図書室の当番のときは漫画を読んでいた。けれど、漫画を持ち込むのは校則で禁じられているから、先生にはばれないようにしていたつもりだった。

「どうして」

「見ればわかるよ。先生は、司書ですから」

そう言いながら胸を張り、しおり先生は誇らしげに言う。

「どうして、怒らないんですか」

「ふふふ、それはね」

子どものような笑みを浮かべると、秘密めかして先生は言った。

「先生も、漫画が好きだから」

若い先生だから、それに不思議はないのかもしれないけれど。

だからって、校則で禁じられていることを見過ごすなんて、先生としてはどうなのだろう。

ちょっと呆れてしまう。

「本や物語に、貴賤はないよ」

キセン、という言葉を変換するのに、ほんの少し時間がかかったけれど、漫画で出てきたことのある単語だったから、なんとなく意味は理解することができた。

「小説でも、漫画でも、物語の価値は等しく、人の心を動かすから」

「でも、馬鹿にされます。くだらないものだって……」

「だからカバーをかけて読んでいるの？」

しおり先生は、そう首を傾げて言う。

思っていたより、普段の行動を先生に見られていたらしい。

カバーをかけていたのは、校則で漫画が禁じられているからだけれど、たとえ校則で赦されていたとしても、わたしはカバーをかけていただろうな、とも思う。

「なにを読んでいるかは、知られたくないです」

馬鹿にされたくない。

自分のことを知られて、嗤われたくなんて、なかった。

読んでいる本のこと、趣味のこと、夢のこと。

役に立たないとか、くだらないとか、悪い影響があるとか。

大好きなもののことを、否定、されたくなかった。

ちゃぶ台の陰で、乾いたひとさし指の爪の感触を、撫であげるようにして確かめる。

「そうだね」

なにに関してか、先生は同意を示して、頷いた。

「けれど、他人にどう見られようと、田中さんの想う価値は変わらないからね。それだけは、憶えていて」

なんて答えたらいいかわからなくて、やっぱりわたしは黙り込んでしまう。沈黙の気まずさを隠すように、紅茶のカップに口をつけると、この静寂に耐えられなかったのは先生も同じだったのかもしれない。彼女はうんうんと頷き、饒舌に語った。

「漫画にはね、人の心を動かす力があるんだから。先生だって、漫画を読んでいなかったら、読書の楽しみを知ることはなかったとも思う。うん、漫画は人の心を動かすよ。先生、漫画に何度泣かされたことがあるか……」

「悲しくて、ですか」

「違うよ」

それは沈黙を気まずく思っての意味のない質問だったけれど、先生は微笑んで否定した。

「嬉しかったり、温かかったり、ほっとしたり……。そういう優しい気持ちで泣くの」

カップを両手で包み込むようにしながら、しおり先生が優しく笑う。

「先生、もしかしたら無責任だったり、見当はずれなことを言うかもしれない。けれどね、田中さんに知っておいてほしいと思うことがあるの」

先生はそう言いながら、悩むように眉を寄せていた。わたしが人と話すとき、言葉を必死にほじくり返そうと焦るように、先生も慎重に言葉を選ぼうとしているのかもしれないと思った。

「あのね、涙の子って、なにも悪い意味ばかりじゃないんだよ」

「そう……、でしょうか」

「うん」しおり先生は眼を伏せる。ふぅ、とカップを冷ますために息を吹きかけながら。

「先生も、子どもの頃はたくさん泣いた。嫌なことばかりで、つらくて悲しくて、部屋に閉じこもって、枕に顔を押しつけて、誰にも聞かれないようにわんわん泣いていたことがある……。そういう経験を積み重ねると、涙ってなんだかネガティブなイメージが付いて回るのかもしれない。けれどね、大人になって、ちょっとわかったことがあるんだ」

カップを置いて、先生が伏せていた眼を上げる。わたしを見て、にっこりと笑いながら、彼女は教えてくれる。

「大人になっても、やっぱりたくさん泣いちゃうことに変わりはないんだけれど……。けれどね、嬉しかったり、感動したりして、涙を流すことも増えてくるの。優しい気持ちに包まれて、胸が温かくなって、じんじん心が揺れ動いて……。そうして流す涙は、とても優しい温度をしているんだよ」

わたしは、先生の言う、その涙の感触を想像しようとしたけれど。

それは、なんだかわたしには、手の届かないもののような気がして。

けれど。

「涙って、人の優しさがかたちになった、綺麗なものなの。先生は、今じゃそういう涙を流すことの方が多いよ。読書をして、心を動かされて、感動をして……。そうすることで積み重なった優しさは、また他の誰かを優しい気持ちにしてくれると思う」

わたしは、乾いた爪の感触を確かめる。

あのとき、彼女が触れて走った、むずがゆい感覚のことを、思い返した。

世界が色づく魔法を見て、込み上げてきたものを。

「いつか、優しい気持ちで流す涙で、つらい気持ちを洗い流せるときがくるといいよね。我慢しなくてもいいの。つらいときがあったら、先生のところに来ていいからね。ここにあるたくさんの本は、つらい気持ちを忘れさせてくれる。涙の本当の意味を、きっと教えてくれるから」

だから、いつでも。

いつでも、あなたのことを、先生に話していいからね。

わたしは眼を伏せて、紅茶のカップに口をつける。熱い液体が、喉の奥へと少しずつ流れていくのを感じた。

「先生」

「うん」

「わたし……」

今は、うまく言えない。

わたし自身のことや、わたしが受けている仕打ちのことを、話すのには勇気が必要だった。

けれど、きっとわたしは、またここに来ることになるだろう。

そのとき、わたしは自分を覆い隠すものを脱ぎ捨てることができるだろうか。わたしのことを知ってほしいと、そう訴えることができるだろうか。わたしの趣味、わたしの夢、わたしの名前、わたし自身のことを、誇れるときがくるだろうか。

「また、ここに来ます、から」

わたしはそうとだけ告げて、紅茶を飲み干した。

*

放課後は、あの空き教室を訪れた。

先生に見つかったら、きっとまた怒られるだろう。けれど、どんなに道具を取り上げられたって、勉強のためのノートとシャーペンがあれば、わたしは夢に近づくことができる。それにどんな意味があるかはわからないけれど、けれど、他人にどう嗤われたって、わたしにとっては大切なものなのだった。たとえ役に立たなくても、悪影響をもたらすことだとしても、わたしが想う価値は変わらない。

わたしはいつもの席に着いて、鞄から道具を取り出す。それから、しおり先生が貸してくれた、彼女の私物の漫画を手にする。きっと田中さんは好きだと思うよ、と先生は言っていた。まだ読んでいないけれど、あらすじを見る限りは面白そうだったし、なにより絵柄が好みで、自分の漫画の参考になりそうだった。でも、さすがにそのままではまた誰かに見つかってしまうと思って、司書室に眠っていたという、どこかの書店のカバーをつけさせてもらっていた。その古めかしいカバーの感触を手でなぞりながら、今日はなにを描こうかと考えていた。

「ルイルイ」

声に、はっとする。

振り向くと、戸口に立っていたのは倉田さんだった。

わたしがなにも言えないでいると、倉田さんは笑って、わたしの元へと近づいてくる。

「良かった。ルイルイ。今日はここにいた」

「あの……」

わたしは俯いて、どうにかうめく。

「わたし……」

「なに？」

「ルイコじゃないの、ほんとは……」

倉田さんは、わたしの向かう机の正面に立った。だから俯くと、わたしには、彼女の腰の辺りしか見えなくなってしまう。

「ほんとは、ティアラって名前なの」

「うん」

くすりと漏れた笑い声に、わたしは身を強ばらせた。

けれど、倉田さんは言う。

あっけらかんと。

「でも、ルイルイはルイルイじゃん。あたしの中では、もうそれで固定されちゃってるから」

「けど……」

「うん、わかるよ。あたしも似たようなものだもん。困るよねぇ、キラキラネーム、親に勝手につけられるとさ」

「え？」

わたしは顔を上げて、倉田さんを見る。

「あたしもさぁ、アイルって名前だもん。友達から、アイルーって呼ばれてんだよ。どこのゲームのネコだよ。マジウケるわ。まぁ気に入ってるからいいんだけどさ」

わたしは眼をしばたたく。

そういえば、倉田さんの下の名前、訊いたことがなかった。

「アイルって、どう書くの」

「えっとね、藍染めの藍に、琉球の琉だよ。親の話によれば、恋愛の愛に、さんずいの流で愛流ってパターンも候補にあったらしいんだけれど、いやぁ、そうじゃなくて良かったわ。愛が流れていっちゃうところだったわ」

そう言って、倉田さんは屈託なく笑う。

わたしがあぜんとしていると、そんなことを気にした様子もなく、倉田さんはあっと思い出したように声をあげて言う。

「そうだ。ルイルイ！　あのさ、ルイルイの描いた漫画読んだよ！　マジ感動したし！　あたしさぁ、ああいうのに弱くって、ほんと、夜中にボロ泣きしちゃってさ！　ホントこれ見て、マジごめん、赦してくれる？」

そうまくし立てながら、倉田さんは、わたしが渡したコピー用紙の束を取り出した。それをぺらぺらと捲っていき、最後のページの方の角を指で示す。

「なんかさぁ、ほんと泣いちゃってさぁ、いつの間にか、涙が落ちちゃってたみたいで、ここ、染みで滲んじゃって、元に戻らなくって……」

「えと……、大丈夫……、倉田さんのために、印刷したやつだから」

「ほんと？　マジ？　そっかぁ、よかったぁ……！」

そうひとしきり言って、ほっとしたように胸を撫で下ろしていく。

わたしは、彼女が気にしていた、その涙の痕跡を見つめる。

「これさ、ほんとすごいよ、ルイルイ。あのね、ちょっと聞いてくれる？」

それから、倉田さんは真剣な表情で話し始めた。

「なんかね、わかったの。理由もなく、みんなから嫌がらせ受ける気持ちとかさ……。今さ、あたしのクラスでも、似たようなことあってさ……、最近、あたしの友達が、やっぱりこういうのよくないって言い出してて、あたしは、自分が巻き添え食うの嫌だから、ほっといた方が安全だって思ってたんだけど、やっぱダメだよ。自分だったらって考えたら、こんなの、ほっとけないじゃん。でもさ、あの子に対して、どうしたらいいのかわかんないし、あたしなんかにできることなんて、あんまりないしさ……」

心細そうに言うときですら、倉田さんはよく喋るみたいだ。わたしはなんだかおかしくなってきて、くすりと声を漏らす。それなら、と彼女の言葉を遮った。それなら、きっと簡単だよって。

「簡単って?」

「わたしにしてくれたことを、してあげて」

「ルイルイにしてあげたこと?」

意味がわからないというふうに、彼女は首を傾げた。

簡単なことだよ。

だって、わたしには、それがたまらなく嬉しく感じられたのだから。

乾いた爪の先を、そっと撫であげると、そのときの感触がじわりと胸を満たしていく。

わたしは唇を嚙みしめた。熱くなってくる瞼を閉ざして、震える唇を開く。そう、きっと、この気持ちのことかもしれない。

「ネイルを、してあげて」

「ルイルイ？」

あなたの魔法を、かけてあげて。

わたしは、それが嬉しくて、たまらなかったから。

そう告げようとしたとたん、すべてが溢れて、零れだしていく。

わたしの頬を、温かくて優しい感触が、そっと撫でるように伝った。

「どうしたの？　ルイルイ？　大丈夫？」

大丈夫。

大丈夫だよ。

この涙は、あなたがくれた、優しさの結晶なのだから。

こういう涙なら、きっと悪くない。

わたしは、とても嬉しくて、だから泣いているんだよ。

「ねぇ。アイルーって、呼んでいい？」

狼狽（ろうばい）しながら、大丈夫かと顔を覗き込んでくる彼女に、わたしはそう訊いた。

「なに。どうしたの、突然。友達でしょ。いいに決まってるじゃん。ねぇ、どうしたの？　なんか嫌なことあったの？　言ってみてよ、ねぇ」

ぼろぼろと、熱いしずくが落ちていく。

それは、机に置いていた先生の漫画を覆い隠すカバーを、融かすみたいに湿らせていった。

「ありがとう、アイルー」

アイルー。ありがとうね。

彼女の名前を呼びながら、わたしは考える。

たとえくだらないと蔑まれることがあっても、わたしの好きな漫画も、アイルーのネイルも、わたしにとっては、この心を温かくしてくれる、美しいものだった。それと同じように、たとえみんなに嗤われたとしても、わたしの価値が変わらないのなら。

いつかこの涙が、わたしを覆うものを、融かしきってくれるだろう。

だから、その日まで、わたしはこの美しい煌めきを身に纏う。

あなたが魔法で描く銀河の星々のように。

綺麗な光を、目元に携えて。

いつか、人の心を動かす。

優しい人になれるように。

教室に並んだ背表紙

図書室

人生に、失敗してしまったかもしれない。

楽しそうな笑い声を耳に入れながら、心の底からそう思う。きっと大丈夫だと、根拠もなく自分に言い聞かせることにはとうに飽きてしまった。だからわたしは唇を噛みしめて、じんじんと痛む膝をさする。泣いたらだめだ。惨めさを認めてしまうなんて、赦されない。顔を上げると、教室の笑い声の中心に星野さんの姿を見つけた。楽しそうに笑っている眼は、跪くことしかできないわたしの姿を悪びれた様子もなく見つめ、手を叩きながらわたしの足を引っかけた誰かの功績を讃えていた。

どうしてこうなったんだろう。どこで失敗してしまったんだろう。もう二度とやり直すことなんてできないのに。わたしの未来はどうなってしまうんだろう。

はっきりしていることは、一つだけ。

三崎衿子はもう、人生に詰んでしまったんだ。

＊

小学生の頃から、わたしはとても神経質で、臆病な人間だった。

大きな音が苦手だ。

たとえば、家族で映画館に行ったときのことを、よく思い出す。すぐ近くの席で、自分の子どもに対して大きな声で怒っている父親を見つけた。自分が怒られているわけじゃないのに、その人の大きな声を耳にすると、どうしてかわたしは心臓が縮むような思いにかられた。映画が始まったあと、その人がまた大声で怒りだすんじゃないか不安でそわそわしてしまって、頭の中に映画の内容がなにも入ってこなかった。結局、その人は映画が始まってからずっと静かなままで、終わったあとはあんなに怒っていた自分の子どもと楽しそうに感想を語り合いながら映画館を出て行った。わたしだけが臆病にびくびくと過ごし、あんなに映画を楽しみにしていたのに浮かない顔をしてどうしたのと、両親に不審がられる始末だった。

そんな人間だから、とにかく、みんなの顔色を窺いながら生きてきた人生だったと思う。

誰からも怒られたくないし、嫌われたくはない。不安を抱えて生きていくのって、とても苦しい。もっと、呼吸を楽にして生きていきたい。

友達の輪の中であっても、わたしはみんなを退屈させていないか、誰かを自分の言葉で傷つけていないか、いつも不安だった。そうした振る舞い方が良かったのか、友達に困ることはなかったけれど、とりたてて自分に特別な才能があるわけじゃないから、わたしはいつもみんなの顔色を窺いながら過ごしていた。お洒落に気を使い、きらきらとしたみんなの輪に交じっても不自然でないよう心がけた。大げさに首を振って同意し、大きな笑い声をあげて自分の存在を示す。話題を提供することはしないで、提供された話題に勢いよく乗っかって、楽しそうに笑い転げる。それでうまく、やってきたつもりだった。

でも、たまにふっと冷静になって、自分があげた笑い声が、他人のもののように耳に入ってくることがある。それはわたしを怯えさせる類の騒音によく似ていて、ときどき誰かを深く傷つけてしまったんじゃないかと、不安にかられた。

一年生のときだった。理科の授業で、普段はほとんど一緒にならないクラスメイトと、同じグループを組んだことがある。他の友達二人は、いつも一緒に行動している仲の良い子たちだったから、その子だけわたしたちのグループで浮いてしまって、どこか所在なさげにしていた。大人しい子だったから、うまく溶け込めないのは無理もなかったろう。もしかしたら、早苗や玲奈は、佐竹さんというその女の子と仲良くなりたかったのかもしれない。彼女たちなりのアプローチで佐竹さんに声をかけて、打ち解けようとしたんだろう。でも、それはともすれば、からかっているような口調にもとれて、佐竹さんはなんだか迷惑そうな表情をしていた。早苗たちは空気を読むのが苦手だから、佐竹さんが迷惑がっていることに気づかない。わたしは、彼女のその表情に気づいてしまって、だから、その息苦しさに耐えきれなくなっていた。

慌てて、彼女をフォローするための言葉を口にしていた。焦っていたせいで、なにを言ったのかはよく憶えていなかった。ただ、佐竹さんはわたしたちとはキャラが違うから、というようなことだったと思う。思いのほか、大きな声が出てしまったけれど、そんなふうにしたら迷惑でしょうと、そう言いたかったのだ。

けれど、わたしの言葉を聞いて、早苗が笑った。

「キャラ違うってなに。陰キャってこと。エリってばひどーい」

早苗も玲奈も、二人とも爆笑していた。

そういう意味で言ったんじゃ、なかったのに。

けれど、わたしは愛想笑いを浮かべることしかできない。

慌てて佐竹さんを見ると、眼が合った。そのとき、わたしは胸の奥が冷えるような思いに襲われた。佐竹さんは、深く失望したような表情で、わたしのことを見ていた。

傷つけてしまった。

どうしてなんだろう。

いつも、人の顔色を窺って生きているつもりなのに、うまくいかないことばかりだ。

佐竹さんとは、それきりほとんど話をしたことがない。あのときのことを謝りたかったけれど、わたしにはその勇気がなかった。だから、その報いだったんだろう。

よりにもよって星野さんを相手に、わたしはまた似たようなミスをしてしまったのだ。

＊

布巾に包まれたお弁当箱を抱えて、行く当てもなく廊下を歩いた。

お昼ご飯を食べる場所を、探さなくちゃいけない。いつもこの時間は憂鬱で、空腹感よりも息苦しさで胸がいっぱいになっていく。

どこへ行こう。わたしは廊下を振り返る。誰も見ていないから、今日は大丈夫のはず。そう言い聞かせて、暗くなっている多目的室に身を滑り込ませた。明かりをつけると見つかってしまうかもしれないから電灯はそのままで、百メートル走を終えたときのようにドキドキと鳴る胸を押さえながら、扉を背にしばらくを待った。

きっと、ここなら大丈夫。

扉から見えにくい位置のテーブルに着いて、手にしたお弁当を置く。早くすませよう。けれど、お弁当を包んでいる布巾の結び目が固くて、思うようにほどけない。早くしないと。早くしないと。焦るばかりで、指が思うように動いてくれない。

やっと布巾がほどけて、お弁当箱の赤いケースの光沢が眼に映った瞬間だった。

「あー、いたいた、ここで食べよー!」

電灯に室内が煌々と照らされて、騒々しい笑い声と共に女子の一団が入ってきた。彼女たちはあっという間に近くのテーブルへ持ち寄ったお弁当を広げ始める。わたしは身を硬くして、なにかの話題で夢中になっておしゃべりをしている彼女たちの方を見ないよう、じっと俯いた。

予想通りに、くすくすという嗤い声が、わたしの耳を不快にくすぐりだす。

「なんで一人でいるんだろー」

「友達、いないんじゃなーい?」

「話しかけてあげよーよー」

「えぇー、友達いないなんて、本人の人格に問題アリでしょー」

「知ってる? そういうの、事故物件っていうんだって!」

「二年生になって友達いないとか、人生詰んでるよねー」

げらげらげらげら。

手を使わずに、耳を塞ぐことができたら、どんなにいいだろう。

両手を使って耳を塞いでしまえば、自分が傷ついているということを、彼女たちに教えることになってしまう。彼女たちの作戦が功を奏しているって、教えてしまうことになる。わたしの敗北を、教えてしまうことになる。

だから、わたしは傷ついていないふりをしなくちゃならない。

人生に詰んでいる。

その表現は、たぶん間違っていないのだろう。こうした嫌がらせが続くようになって、わたしは縋る思いでインターネットを検索したことがある。眠る前の布団の中で、あるいはトイレの個室の中で、呼吸のできない息苦しさから逃れたくて、学校に行かなくてもいい方法を探した。

ネットを見ると、嫌な思いをしてまで学校に行く必要はない、というようなことが書いてあった。けれど、それに反論する声も世の中には多い。学校に行く必要がないなんて無責任なことを言って、そのあとの子どもの人生を誰が保証してあげるのだ、という意見だった。学校に行かないと出席日数が足りず、高校に行けなくなり、学力が低下して大学にも入れなくなるかもしれない。そうして満足に青春を過ごせなかったコンプレックスから社会に出ることも難しくなって、家でひきこもってしまうケースが多い、という。だいたい教室から隔離するべきはいじめをする子どもの方であって、いじめを受ける子が逃げなくてはならないのは不条理なのだから、と。わたしはその文字の羅列を見て、胸がざわざわと冷えていくのを感じた。星野さんたちに屈して学校に通うことをやめてしまったら、わたしの人生はこの大人たちの言う通りになるかもしれない。

人生が、詰んでしまう。

電灯の光を遮るように影が落ちて、わたしはぎょっとしながら顔を上げる。

傍らに立って、お弁当箱を覗き込んでいたのは、星野さんだった。

「あれぇ、三崎さん、どうしたの?」

星野さんは、にやにや嗤いながら言う。

「お弁当、ぜんぜん減ってないじゃん。ダイエット中?」

星野さんの言葉のなにが面白かったのかわからないけれど、火がついたみたいに女の子たちが嗤い出した。

わたしはお弁当箱の蓋を閉じて、それを布巾で包んだ。

逃げるように、多目的室を飛び出す。

「ええー?　無視?　感じ悪くない?」

星野さんたちの嗤い声を背に、廊下を走った。

もう、次の授業が始まってしまうから、居場所を探してご飯を食べる時間は残されていない。だからトイレの個室に入って、抱えていたお弁当箱を見下ろす。

今日もダメだった。

このままだと、きっとお母さんが心配してしまう。

せっかく、仕事で忙しいのに、作ってくれてるのだから。

食べないと。

便座に腰を下ろして、お弁当を開く。

芳香剤と、それとは違う不快な匂いが混ざった狭い空間の中で、わたしはお箸で摘んだご飯を口元に運んでいく。なんの味もしないそれは、ただただ嘔吐を誘う感覚ばかりを呼び起こして、わたしの口の中を酸っぱくさせる。いつも、お母さんが作ってくれているお弁当。あんなに美味しくて、大好きだったはずなのに、わたしはどうして、今にも吐き出してしまいそうなのだろう。涙が滲んで、嘔吐いて、少しずつ箸を動かして、ぼろぼろと零れるご飯粒が、スカートを汚していった。

「ねー、なんか臭くなーい？」

「誰か、トイレでご飯食べてるんじゃない？」

「うわ、不潔！　そんなの人生詰みすぎでしょー」

鏡の前でおしゃべりをする星野さんたちの楽しげな声を耳にしながら、わたしは今日もお弁当を口に運んで、それを下水に流す。

＊

きっかけはとても退屈で単純なことだった。

星野さんと辻本さんは、一年生の頃からそれなりに仲が良かったはずだった。それなのに、ある時期から星野さんは辻本さんに冷たく当たり始めた。辻本さんは少し空気が読めないところがあるというか、明るくて天然気味なところがあって、そうした星野さんの態度の変化には気づけなかったように思う。むしろ、ひやひやしていたのは同じ教室のわたしたちの方だった。その居心地の悪い空気は徐々に冷たさを増していき、あるとき、星野さんは辻本さんに対してあからさまな悪口を言うようになった。それは、辻本さんの趣味に対してのことだった。つまり、彼女が漫画のキャラクターを好きで、そうしたグッズを集めていることを、とても気持ち悪い趣味だと嘲笑ったのだ。星野さんの発言力は絶対で、彼女が気持ち悪いと言ってしまえば、誰もそれに逆らうことはできない。教室のみんなも、彼女に合わせて頷いて笑ってはしゃぐのが、この教室でのいつもの儀式だった。わたしも、その儀式をよく心得ていたはずだった。強い子の真似をして、人気のある子のあとにくっついて、大きな声でげらげらと笑う。自分はなにも持っていないから、そうして過ごさないと生きていけない。それはよくわかっていたはずだったのに、そのときのわたしは、傷ついた表情を垣間見せながらも、明るく振る舞おうとしていた辻本さんを見て、とても居心地の悪い思いをしてしまった。

「ねぇ、そういうの、よくないんじゃないの」

もっとうまい生き方が、もしかしたら、あったのかもしれないけれど。

「なに、エリってば、ユナの味方をするんだ」

星野さんはそう言いながら、まるで悪魔のように笑ったのだった。

翌日から、まるで入念な打ち合わせがあったかのように、わたしは嗤われる側になった。辻本さんが星野さんと同じ教室だったのなら、犠牲になったのは辻本さんですんだのかもしれない。でも、不幸なことに星野さんと同じ教室だったのはわたしの方だった。誰に話しかけても無視されて、気を緩めればくすくすと嗤う声が耳に入り込んでくる。耳から入り込んできた不快な声音は、徐々にわたしの身体を蝕んでいく毒へと変化していた。

そのときから、もう何日も学校でお弁当を食べることができていない。お弁当の中身はトイレに流して捨てることができるけれど、体調を崩してしまったら、きっとお母さんに怪しまれてしまう。ただでさえ、ゴールデンウィークの期間に友達と遊びに出かけなかったわたしのことを、お母さんは不審に思っている。お母さんに、知られるわけにはいかなかった。

だって、言えるわけがない。

お母さん、あなたの娘は、もう人生に詰んじゃったんですよって。

連休明けのお昼休みを迎えて、わたしはいつものように校舎をさまよう。ゴールデンウィークが明ければ、みんなこんなくだらないことには飽きているに違いない。そんな浅はかな期待は、朝の教室に入ってすぐに打ち砕かれてしまった。わたしに注がれる嘲笑の視線は、ゲームがまだ終わっていないことを、暗にわたしに告げていたから。だから、今日もわたしは、お昼ご飯を食べられる場所を探し出さなくてはならない。

どうしよう。二年生が知っているような空き教室だと、星野さんたちに嗅ぎつけられてしまう。けれど、一年生や三年生がいる階の廊下を歩くのは、惨めな気分を突きつけられるようになるから避けたかった。できるなら、あまり人目につかなくて、二年生が歩いていたとしても不思議じゃない場所がいい。

居場所を求めて、普段は歩かないような廊下を歩く。そうして人気のない場所を探し求めて歩いていたら、一階の校舎の奥、立ち入り禁止なのではないかと疑ってしまいそうなくらい、人の声のしない廊下に辿り着いた。ここに来たことはほとんどない。前に来たのは、確か国語の授業で——。

いちばん奥にある部屋のプレートに書かれた文字を見る。

図書室、と書いてある。

もしかしたら、ここなら大丈夫かもしれない。

怖々と扉に手を掛けて、そっと開く。

図書室は、静かだった。どっしりとした書架がたくさん並んでいて、大きなテーブルがあるのも見える。ちらほらと、知らない生徒たちの姿が見えた。みんな、勉強をしたり本を読んだりしている。ここなら、二年生のわたしが立ち入っても不自然じゃない。

恐る恐る、息を殺すようにしながら、大きなテーブルに着いた。

お腹がぐうぐうと鳴り響くのを聞きながら、鞄の中からお弁当箱を取り出す。

「きっと、大丈夫」

祈るように囁(ささや)いて、両手を合わせる。

これでもう、お母さんのお弁当を無駄にしなくていい。

口に運んだ冷たい卵焼きは、美味しいとは感じられなかったけれど、どうにか喉を通ってくれて、吐かずにすみそうだった。

けれど、何度かお箸を口に運んだときだった。

「美味しそうなお弁当だね」

唐突に声をかけられて、わたしはぎょっとして顔を上げた。

学校で誰かに話しかけられるのは、いつだって星野さんたちに嗤われるときだけ。

だから、また星野さんたちに見つかってしまったのかもしれないと、一瞬だけそう思った。

でも、見上げた先にいたのは、意地の悪い笑みを浮かべた生徒じゃなくて、大人の女の人だった。わたしはぽかんとして、その眼鏡の彼女を見上げていた。

「美味しそうに食べているところ、ごめんなさいね」彼女は言う。「ここ、飲食は禁止なの」

「すみません」

わたしは慌てて頭を下げた。たぶん、図書室の先生かなにかなんだろう。そういえば、しおり先生っていう司書の人がいるって、聞いたことがある。彼女がそのしおり先生なんだろう。怒られる前に、わたしは慌ててお弁当に蓋をした。布巾で包んで、逃げるように図書室を出る。それから、お腹がぐるぐると鳴って、やっぱりなんだ、と思い知らされた。

どこへ行ったって、ご飯を食べることすらできない。

わたしには居場所がない。人生に詰んでいるんだから、当然だ。ドラマやアニメで見るような楽しい青春を送る権利は永遠に剝奪されて、暗い自室の隅っこで孤独にインターネットをして生きることしか赦されなくなる。教室の気まぐれでいじめを受けた。ただそれだけの理由で、わたしたちは人生を奪われる。

どうして。

どうして、わたしが。

もう、なにもかも、どうでもいい。

未来を想えば、それよりはさっさと死んだ方がマシかもしれない。

わたしは階段を上がる。どうせ死ぬなら、学校で死のうと思った。そうしたら、星野さんたちがわたしにしている悪行が露見するはずだった。マスコミの人たちが気づいて、テレビで取り上げてくれたりして、この命と引き換えに彼女たちの人生も詰みに持って行くことが可能かもしれない。そのためには、きちんと遺書を書く必要がある。これはせめてもの復讐なんだ。けれど、テレビでそうした子たちの名前が報道されることって見たことがない気がする。むしろ、いじめはなかったって学校が発表するニュースの方が目立つ。明らかな犯罪にもかかわらず、世の中はいじめをする人たちの味方なのだ。だとしたら、わたしの精一杯の抵抗も意味はないのかもしれない。やっぱり詰んでいる。さっさと意味もなく死んだ方がいい。

定番といえば、屋上からの飛び降り自殺に違いない。漫画とかアニメとかで、そういうシーンがよく出てくる。そういえば、この学校の屋上には行ったことがなかった。三階には更に上へ行く階段があったはずだからそこから行けるんだろう。お腹が空いているせいか、三階に辿り着いた頃には、息が切れてふらふらと目眩がしていた。そこから更に上へと向かう階段へ足をかける。

けれど、残念ながら屋上へと続く道は封鎖されていた。

鍵が掛かっているからという話じゃない。屋上へ続く踊り場の半分以上に、使われていない古い机と椅子が積み上げられていて、バリケードみたくわたしの行く手を遮っていた。とてもじゃないけれど、一人じゃどかすことはできそうにない。

踊り場に積み重なる机たちを前に、途方に暮れそうになる。けれど、踊り場には窓があって、そこは机で塞がってはおらず、鍵は内側から開けられそうだった。埃をかぶって錆びついている硬い窓の鍵を外して、窓をスライドさせる。手をかけると、身を乗り出して飛び降りることができそうだった。屋上ではないけれど、この高さから落ちたらきっと即死だろう。ここから落ちればきっと目立つはずだった。それなら、学校に隠蔽されないように入念に遺書を書けばワンチャンあるかもしれない。ノートとペンなら鞄の中にある。ここの机と椅子が使えそうだ。わたしは積まれている机と椅子を、なんとか引きずり降ろした。

けれど、椅子に座り、机にノートを広げようとしたとたん、盛大にお腹が鳴ってしまった。死ぬのは、せめてお弁当を食べてからでいいかもしれない。

物置みたいな踊り場の席で、お弁当を開く。既に布巾をほどいていたせいか、それはするりと開いてくれた。お箸で冷たいご飯を口に運ぶと、とてもまずかった。とてもとてもまずくて、けれどわたしはお腹を満たすためにお箸を口に運び続ける。涙が溢れてなにも見えなくなると、お弁当の味はただひたすらにしょっぱくなってしまっていた。

空腹が満たされると、少し気分は冷めていた。時計を見ると、そろそろ次の授業が始まろうとしている頃。今日はもう、やめておいた方がいいかもしれない。だって、授業中に飛び降りても誰も気づいてくれないかもしれないし、インパクトが薄れてしまう。それにお弁当を食べたばかりだから、地面に激突して潰れた自分の身体の中から、いろいろと醜いものが飛び出てしまうかもしれない。それは嫌だった。

だから、仕方ない。

今日は作戦中止。

階段を降りて、三階の廊下に出たときだった。

「あ、さっきの女の子」

出会い頭に、そう声をかけてきたのは、三階に上がってきたばかりらしい、図書室のあの先生だった。彼女はどこかへ向かう途中で急いでいたのか、あるいは本ばかり読んでいて体力がないのか、ちょっと息を切らしている。

わたしは、なんだか悪いことをしているのが見つかったような気分になって、小さくお辞儀をしながら、その場から立ち去ろうとした。

「待って待って」

けれど、そう呼び止められてしまう。

なんだろう。図書室でお弁当を食べようとしたことを、まだ根に持っているんだろうか。

「なんですか」

「怖がらないでよう」

先生は眼鏡の位置を直しながら笑う。

「怒ってないからね。お弁当は食べられた？」

　わたしは頷いた。

「そう。良かった」

　先生は微笑んだ。それから、首を傾げて訊いてくる。

「図書室には、あまり来たことがない？」

「課題図書を探すときくらいです」

　そうなんだ、と先生は頷くと、わたしの胸にある名札を見て言った。

「あのね。飲食は禁止だけれど、三崎さんはいつでも読書をしに、図書室へ来ていいんだからね」

「読書は、しないです」

「どうして？」

「どうしてって」

「読書をしなくても、来ていいから。勉強をするのでも、漫画を読むのでも――。あ、漫画は読書か」

「漫画を読んでもいいんですか？」

「秘密だけれどね」

　また小さく首を傾げて、秘密めかすように先生は言う。

「考えておきます」

わたしはそう言って、そそくさと階段を降りる。早くしないと、授業が始まってしまう。

考えてみると、馬鹿馬鹿しいことかもしれない。さっきまで死のうとしていたのに、次の授業の時間を気にするだなんて。

「またね」

肩越しに、そう告げるしおり先生の声が届いた。

*

翌日も、あの階段の踊り場でお弁当を食べた。

目立たない場所のせいか、星野さんたちがやってくることはない。もしかすると、ここは安全な場所なのかもしれなかった。新しく発生した問題としては、ここならすぐにお弁当を食べることができるので、お昼休みの残りの時間が暇になってしまうということだった。

この狭くて薄暗い踊り場で時間を過ごしてもいいけれど、やっぱり退屈には勝てそうにない。思い立ってわたしは階段を降りた。昨日、図書室へ入ったとき、見慣れたファッション誌の表紙がラックに立てかけられているのを思い出したのだ。

図書室に入り、静けさの中を歩く。昨日と同じように、図書委員や読書や勉強をしに来ている子の姿がいくつかあったけれど、ときどき囁き声が聞こえるだけで、この場所は静まり返っていた。どうでもいいことでわたしを見つめてくすくすと嗤うような、あの教室とは大違いだ。

記憶通りにティーンズ向けのファッション誌が置かれていて、わたしはそれを手に取った。こんなものが図書室にあるなんて妙だと思ったけれど、漫画を読んでもいいよと言ってしまうような、あの変わった先生がいるからなのかもしれない。小説や漫画を読むような気分にはなれないから、ファッション誌が置かれているのには助かった。できるだけ目立たない隅っこのテーブルに着いて、ぺらぺらとそれを捲りながら、時間を潰す。

こうした雑誌で自分に合う髪型を研究して、登校前に前髪を整えていたときが懐かしい。今は、そんな気力もない。そんなことに時間を費やしたところで褒めてくれる人は誰もいないし、調子に乗っているんじゃないのと嘲り(あざけ)の眼差しを受けるだけ。

だからだろうか、あまり興味を引かれるようなことは書いていなかった。そこに掲載された可愛らしい服や、紹介されている映画のこと、なにもかもが、わたしにはもう手の届かない世界にあるような気がして、細かい文字を追いかける気分にはなれない。

なにも心に届いてこない。

わくわくも、どきどきもしない。

溜息が、唇から零れる寸前、胸の奥から喉へと這い上がっていくときに、きゅっと食道の辺りが締めつけられて、苦しくなる。

「来てくれたんだ」

肩越しに、小さな声が届いた。

見ると、しおり先生が傍らに立っていた。

重たそうな本を何冊か抱えたまま、わたしが開いた雑誌に眼を向けている。

「ちゃんと読書してるね」

わたしは気恥ずかしさを感じて、雑誌を閉ざした。不思議に思って言う。

「これも、読書？」

「そうだよ」

当然のことのように、先生は言う。

「本を開いていれば、読書だよ」

こんなふうに、カラフルな写真が満載で、きらきらとしたエフェクトに彩られた文字ばかりの薄い雑誌であっても、先生にとっては読書らしい。随分といいかげんな大人だ。

「それとも、なにか小説でも読んでみたい？」

しおり先生の問いかけに、わたしは首を振った。

「小説は嫌いです」

「ええっ」

先生は面食らったみたいに、眼をぱちくりとさせて後ろに下がった。リアクションが子どもっぽい。

「じゃあ、漫画は？　三崎さんは、どんな漫画が好き？」

「漫画も、あまり好きじゃありません」

「ええ、そうなの？　うわぁ、すごい、珍しいね」

「読書は、あまりしないので」

「そうかぁ、物語全般がだめなのかぁ」

残念そうに言うしおり先生は、いつの間にか抱えていた本をテーブルの隅に降ろしていた。

「物語はいいよ。いろんな人の気持ちになれて、心があったかくなるよ」

どうやらこの先生は、わたしに読書を勧めたいらしい。司書の先生なんだから、当然かもしれない。それにしても、声を潜めているとはいえ、司書の先生がぺらぺらとこんな場所でおしゃべりをしていて良いものなのだろうかと心配になる。

「物語は苦手です」

「どうして？」

「だって――」

わたしは視線を落とした。

煌びやかな表紙で笑う、女の子たちの写真で飾られた雑誌に、眼を落とす。

「あたしは……、違うから」

「違うの？」

わたしは鼻を鳴らして言う。

「だって、物語って現実とは違うじゃないですか。主人公が特別な才能を持っていたり、なにも持っていなくても、味方や友達がいたりして……」

それは、わたしとは違いすぎることだった。

昔から、読書が苦手だったわけじゃない。

両親は共働きで、遅くまで帰ってこない日ばかりだった。その一人きりの時間にゲームばかりさせるよりはと、本屋さんに連れて行ってもらうことがあった。小学校高学年になると、児童向けではない小説や、アニメの原作ライトノベルにも手を出したことがある。

物語にある眩しい青春の世界は、居心地がいい。素敵な男の子に恋をして、みんなに好かれながら、仲間たちと一致団結して困難を乗り越えるストーリー。どんなに苦しくてつらいことがあっても、手に汗握って読み続ければ、最後には必ず救われた。異世界を冒険したり、魔物と戦ったり、世界の謎を解いたりして、どきどきすることができた。

でも、あるとき、本当に突然に、わたしは気づいてしまったのだ。

物語に比べて、わたし自身はどうだろうって。

開いた本を閉ざして、鏡に眼を向ければ、そこには神経質でなんの特技もない女の子がいるだけ。物語の中にある青春に憧れて、他人にくっついてまわり、なにかを持っている子たちの顔色を必死で窺うことしかできないような、とても退屈な人間がいるだけだった。

少し前に読んだ、読書感想文の課題図書でもそうだった。主人公には夢と熱意があって、甘酸っぱい恋をすることが赦されて、心が折れそうなときに支えてくれる友達がいるけれど、わたしはそうじゃない。教室で無視され嘲笑されて、誰かと一緒に過ごすことすら赦されない。どうしてわたしはこうなれないのだろう、どうしてわたしは違うのだろうと、現実との差を突き付けられて、苦しくなるばかりだった。

わたしを嗤う教室のみんなは、あんなにも活き活きと青春を過ごしているのに。

「どんなにつらくて苦しいお話でも、必ず誰かが助けに来てくれて最後には救われる。それって、現実じゃありえないじゃないですか。そんなの、読んだところで仕方がないです」

「そうかもしれないね」

わたしが零した言葉に、先生は同意しながら、ちょっぴり苦々しそうに笑った。

「確かに、現実は物語とは違うから、うまくいかないことの方が多いよね。誰かに助けてほしいときは、自分から助けてって声をあげなきゃダメなんだ」

声をあげたところで、誰かが助けに来てくれるとは思えないけれど。

わたしは歯痒い気持ちを呑み込んで、先生から視線を逸らした。

「でもねえ、この世界には、三崎さんが思っているのとは違うお話も、たくさんあるんだよ」

本当だろうか。わたしは疑いの目で先生を見る。

しおり先生は、胸を張るようにしながら言う。

「疑ってるでしょう。それじゃ、三崎さんが読んでみたい物語を言ってみて。先生、見つけられるから」

「本当に？」

「学校司書ですから」

先生はそう誇らしげに言うけれど、その表情は少し幼く見えて、あまり頼りになりそうではない。けれどわたしがなにかを言わないと、彼女はこの場から立ち去らないつもりらしかった。読んでみたい物語と急に言われても、困ってしまうのだけれど。

「読みたくない物語なら、言えますけれど」

すると先生は顔を輝かせ、ぐっと身を乗り出してきた。

「大丈夫。それでもいいよ」

わたしは、陽射しに眼が眩んだときのように、ちょっと顔をしかめる。

先生の視線から逃れる理由を探すみたいに、ぽつぽつと言った。

「恋愛ものは苦手です」

わたしには恋なんてできない。

「部活ものもダメです」

わたしには部活で頑張るものなんてなにもない。

「友情とかも出てこない方がいいです」

わたしには、友達なんていないから。

「それと、主人公は中学生の女の子がいいです」

そんな物語が、あるはずなんて、ないだろうけれど。

少し、先生を困らせてやろうというつもりだった。

しおり先生は首を傾げて、それから口を開いた。

「任せて。それなら――」

眼を輝かせた彼女は、けれど言いかけて口を閉ざした。

それから、肩を落として言う。

「ごめん。わかんない」

大口を叩いておいて、これだ。

まぁ、当然そうだろうと思う。

わたしみたいな人間が、物語の中にいるはずなんてないのだから。

だいたい、小説なんて大人が書くものだ。大人は、子どもに大人が書いたものを読ませて得意になる。大人が読んでほしいものなんて、だいたい決まっているのだ。だから物語には、友情とか、努力とか、恋愛とか、そういうことばかりが書いてあって、それができない人間の気持ちなんて、欠片も考えてくれない。

「でも、大丈夫だから」

けれど、しおり先生はまた自信満々な様子でそう言った。

「ちょっと待ってて」

そう言って、彼女は書架の向こう、カウンターや司書室がある方に姿を消す。

一冊のノートを抱えて、すぐに戻ってきた。

「じゃーん」

先生は、やっぱり得意げな顔をして、それを差し出してくる。

「なんですか、これ」

わたしは半ば呆れながら訊いた。

「『おすすめおしえてノート』だよ」

言われなくても、カラフルなペンで、ノートの表紙にそう書いてあるけれど。

「どんな内容の本が読みたいかここに書くと、このノートを読んだ誰かが、条件に合いそうな本を教えてくれるの。わたしだけじゃなくて、図書委員のみんなとか、図書室の利用者とか。あ、もちろん匿名で書けるから、安心してね」

先生はノートをぱらぱらと捲りながら、そう説明した。

いろんな子の文字で、こんな本が読みたいとか、こういう本はありますかと要望や質問が書かれていて、そのすべてにびっしりと返答が書き込まれているのがわかる。

「先生がわからなくても、他の誰かが三崎さんでも読める本を見つけてくれるかもしれないよ」

「いいですよ、べつに」

少し、面倒くささを感じてしまっていた。

「ええー、書くだけ。書くだけだよ。名前書かなくていいんだよ。それだけで、面白い本とか、読みたい本が読めるんだよ。絶対にお得だよ」

この先生は、けっこうしつこいらしい。

わたしは溜息を漏らし、そのノートを手繰り寄せる。

「少しだけですよ」

「やった！」

なにが嬉しかったのか、先生はそう声を弾ませる。

図書室ではお静かに、と言ってあげたいくらいだった。

わたしは、しおり先生が差し出したボールペンを受け取る。

たくさんの書き込みの最後の空白に、先生に告げたのと同じ条件を書き込んだ。

こんな本が見つかるなんて思わないし、あったとしても、そんな本を読んでいる子がいるとも思えないけれど。でも、これまでのページを見る限り、すべてのリクエストに誰かが必ず答えているようではあった。

「よくみんな、こういうのに、丁寧に返事をしてくれますね」

わたしは、ぺらぺらとページを捲りながら、そう言葉を零す。

「自分が好きなものをね、誰かに読んでもらうのって、すごく嬉しいから」

そういうものなのだろうか。

「同じものを好きになって、感想を語り合うときって、本当に幸せな時間なんだよ。この広い世界で、同じ感性が巡り合うの。それも、読書の醍醐味だよね」

嬉しそうに言う先生の言葉を耳にしながら、わたしは、わたしの言葉を刻んだノートを閉ざした。そこまで期待していたわけじゃないけれど。それでも、この言葉を見つけるのはいったい誰なんだろうと、ほんの少しだけ想像を膨らませながら。

*

毎日の学校で、いちばんつらい時間帯は、十分間しかない準備時間だ。

この短い休み時間だけは、わざわざ他の場所へ逃げるわけにもいかないから、どうにかして耐え過ごさなくてはならない。

今日は、寝たふりをしていた。女の子たちのあげる黄色い声に耳を塞ぐように、きゅっと瞼を閉ざして、額を机の表面に押しつけながら耐え忍んでいく。その賑やかな声は少し前までは聞き慣れたもののはずだったのに、今ではトラックのクラクションみたいに、わたしの心臓を磨り潰そうとする。あと五分、あと五分耐えればいいと自分に言い聞かせていたら、ぼとり、という妙な音が顔の近くで響いた。

驚いて顔を上げると、わたしが突っ伏して額を押しつけていた机に、茶色くておぞましいかたちの脚を生やしたゴキブリが落ちていた。

悪寒が走るのと同時に、反射的に悲鳴をあげながら、わたしは椅子ごと後退して無様に転び、床に尻餅をつく。すると教室はどっと大爆笑に包まれた。みんなが楽しそうに幸せそうに嬉しそうに声をあげながら、わたしの方を指さして嗤っている。スマートフォンのレンズがたくさん向けられて、情けない悲鳴をあげたわたしの様子がＳＮＳにたくさん拡散されようとしていた。机の上のゴキブリはニセモノのおもちゃらしく、ぴくりとも動かない。

ばかなんじゃないの、とか、すごい声出てたよね、とか、あの表情見た？　マジウケるんだけど、とかいう女の子たちの声に包まれながら、わたしはばくばくとした心臓を抱えて教室を飛び出す。すれ違う女の子の意地悪な囁き声が聞こえた。どこ行くの？　ビビって漏らしちゃったんじゃない？　うわぁ、不潔！　もう学校来ないでほしいよね！

こういうことは、今までにもよくあった。みんなはわたしに対する仕打ちをカメラで収めて、親しい人間にしかアクセスできないＳＮＳで共有している。いたずらして録画をしている様子が先生に見つかったことがあったけれど、星野さんたちは仲の良い友達のリアクションを収めて動画を作っているだけなんだと説明した。そういうのは学校の外でやりなさい、と先生は軽く叱るだけでおしまい。わたしはなにも言えず、みんなと仲良くしていたときのように、みんなの顔色を窺って笑顔を作っていた。もし先生になにかを言ったら、もっとひどいことになる。星野さんたちが笑いながら注ぐ眼が、わたしにそう告げていた。

だから、こうした時間を乗り越えて訪れるお昼休みは、わたしにとって安息の時間だった。

あの階段の踊り場、埃っぽい空間の中で背を丸め、味のしないご飯粒を口に放り込んでいく。美味しかったお母さんのお弁当は、もう長いこと味がしない。けれど、吐かないようになったから大丈夫だ。でも、忙しい中、せっかく作ってくれているのだから、きちんとこの美味しさを味わいたい。これまでそうしてきたように、誰かと一緒にご飯を食べて、おかずを交換して、エリのお母さんは料理上手なんだねって褒められて、そうしてくだらない話をしながら、楽しくお昼休みを過ごしたかった。

どうして、わたしだけ。

どうして。どうして。

ここは安息の地であるはずなのに、眼の奥が沸騰しそうになる。

「あれ、誰かいるの？」

突然だった。

あがった声に、わたしは悲鳴を抑え込むようにして、肩を縮こまらせる。やっぱり、この場所にも星野さんたちの魔の手が忍び寄ってきたのだと思った。階段を上がる足音に恐怖しながら、わたしは怖々とそちらへと視線を向ける。

「あれれ、三崎さんだ」

眼鏡の奥の眼をぱちくりとさせて、階段を上がってきたのは、しおり先生だった。

先生は意外な人物と出会ったみたいに、ぽかんとしてわたしのことを見上げていた。わたしはなにがなんだかわからなくて、踊り場から先生を見下ろすことしかできない。

「あ、もしかして、三崎さんもここでお弁当を食べてるの？　ツウだねえ」

先生は能天気に、あっけらかんと言った。

よく見ると、先生の手にはピンクのプラスチックのお弁当箱があった。彼女は図々しく階段を上がってくると、わたしが向かっていた机の端っこにそれを置く。わたしはあぜんとしたまま、先生の動作を見守っていた。彼女は積み重ねられていた椅子の一つを摑んで、それをわたしの椅子の近くに置いた。

「わたしの他にも、誰かが来てるなって思ってたんだ。先生もここで一緒に食べていい？」

答える暇もなく、先生はわたしの隣に腰を下ろした。机を囲んで、お弁当を広げ出す。

「先生、なんでこんなところにいるの」

わたしはようやく、それを訊く。

「なんでって」

先生はお弁当を広げながら、うーんと声を漏らして首を傾げた。

「先生も、ときどき、一人が恋しくなるんだよ」

彼女は両手を合わせて瞼を閉ざした。

いただきます。

それから、わたしを見てくすっと笑う。

「あ、三崎さんも、気にしないで食べててね」

「はぁ」

「ほら、司書室って、図書委員の子に占領されちゃうんだよね。ちょっと、騒々しくて。わたしって、静かな方が好きっていうか。だから、ときどきこういうところでご飯を食べることもあるの。三崎さんは？」

「あたしは」

なんて答えたらいいんだろう。

お箸を手にしたまま、中途半端に減っているお母さんのお弁当を見下ろす。

「あたしも、静かなところが好きです」

「そっか」

先生は笑った。

「じゃあ、先生は迷惑かな？　うるさい？」

「べつに、大丈夫ですけれど」

「良かった」

先生は嬉しそうにすると、お箸で摘んだソーセージを頬張った。わたしもそれにつられるみたいに、のろのろとお箸を動かして、味のしない卵焼きを咀嚼する。

「ここ、静かで落ち着いていて、いい場所だよね」

「先生も、よくここで食べたりするの」

「たまにね」

しおり先生は、気恥ずかしそうに頷く。

「なんか、意外」

「そう？　わたし、けっこうこういう場所が好きなんだよ。中学生の頃は、お化けでも住んでいそうな場所でご飯を食べてたくらい。ほら、漫画を読みながらご飯を食べてても、先生に怒られなくてすむでしょう」

のほほんと、彼女は笑う。

わたしはその様子にほんの少しだけ腹を立てた。そんな理由と一緒にしないでほしい。先生みたいに人気があって明るい人には、わたしの気持ちなんてきっと欠片もわからないのだろうけれど。

わたしは、そんなつまらない理由で、ひとりきりなわけじゃない。

「三崎さん、おすすめノート、返事あったか確かめた？」

黙り込んでいたら、先生がそう訊いてきた。わたしは、かぶりを振って応える。あれから、一度だけ確認したけれど、まだ返事はついていなかった。

「そっかぁ」無念そうに、先生は天井を見上げて言う。「なかなか渋いリクエストだから、ああいうの見つけられる子は少ないのかなぁ」

それから先生は、眼鏡の奥の瞳を大きくして、わたしを見つめた。

「やっぱり、自分とは違いすぎるお話は、苦手？」

問われて、わたしは頷く。

「だって……」

わたしは俯いて、たとえば物語で描かれるような、わたしと同じ年頃の、架空の女の子たちのことを考える。彼女たちには自分を支えてくれるような友達がいて、共に笑い合いながら輝かしい青春を送ることができる。わたしを嗤う教室のみんなと同じように、大人になり、恋を経験し、夢を叶えて、幸せになることができるのだろう。

けれど、わたしは。

脳裏を過るのは、こんなことが、いつまで続くのだろうということだった。

物語には終わりがあるし、救いがある。それを信じて読み進めることができるけれど、わたしが生きるこの現実に、その保証はない。たとえ今という時間を耐え忍ぶことができたとしても、恋をすることも、夢を叶えることもできず、社会のお荷物になる未来しか、残されていないような気がして。

「未来が不安？」

それがまるで大事な質問であるかのように、しおり先生は首を傾げた。食事の手を止めて、お箸がお弁当箱の縁に置かれている。わたしは彼女から視線を落とし、その危うげなバランスで立てかけられている朱色の箸を見ながら、頷いた。

「そっかそっか」

少しして、先生は言った。

「それは、ひょっとしたら現代の物語の功罪かもしれないね。自分の人生を比べる先を、物語の中に見てしまうんだ。そういう明るくて眩しい物語ばかりに包まれると、それに比べて自分はって……、ちょっと落ち込んじゃう気持ちも、先生はわかるな」

「本当、ですか」

「そうだよ。たとえば先生もね、十代の子が主人公のお話を読んだりすると、わたしもこんなふうに青春を生きたかったなぁって、どうしてこうなれなかったんだろうって後悔して、つらくなっちゃうときもあるの」

しおり先生は、どんな十代の頃を送っていたんだろう。わたしは、あまり陽の射し込まない曇り硝子の窓を見つめる先生の横顔を見ていた。眼鏡の奥の瞳はちょっぴり眩しそうに細められていた。その瞳が、わたしの方を見て笑う。

「でもね、それって普通のことなんだよ。物語はあくまでフィクションだもの。比べる必要なんてないの。明るく楽しい青春を過ごせないとだめ？　きれいな青春を過ごさなくたって、わたしたちは生きていける。だって、明日にはどんな未来が待っているか、誰にもわからないじゃない？」

どうなんだろう。

こんなふうに、毎日のようにひとりきりでお昼を食べて、みんなから嘲笑の眼差しを向けられるわたしみたいな人間にも、未来を期待して生きる価値があるというのだろうか。

そうだとは、とてもじゃないけれど、思えなかった。

「あたしみたいな人間が、きっとろくな大人になれないのは、変わらないですよ」

反感を込めて、わたしはそう呟く。

「大丈夫だよ」

けれど先生は、まるでそう信じ込んでいるみたいに満面の笑みで言う。

「先生だって、ちゃんと大人になれたんだから」

わたしと先生では、あまりにも違いがありすぎると思うけれど。

この能天気そうな先生が相手じゃ、反論は無駄かもしれないと思って、わたしはお弁当箱の中で冷え切っている唐揚げを、黙ったまま口の中へ放り込んだ。

＊

ノートに返事がつくまで、数日がかかった。

それを残念と思う程度には、わたしはそのノートに期待をしていたのかもしれない。

放課後、いつものように図書室へと足を運んだ。ここのところ、放課後は連日図書室で時間を潰している。退屈な雑誌をぺらぺらと捲るくらいしかしていないけれど、家に帰ったところでお母さんが帰ってくるまでは時間がかかるし、あの薄暗い家の中でまでひとりきりの時間を過ごすのは気が滅入ってしまう。それよりはここで雑誌を読んで、ときどき声をかけてくれる、あのおしゃべりな先生と会話をするのも悪くはない。カウンターに誰もいなくなった頃を見計らい、わたしはそこに置かれているノートへと手を伸ばす。

今日はどうだろうと、不安と期待がない交ぜになった気持ちで捲ると、わたしのリクエストに答える文字を見つけた。

小さくて丁寧な字で、二つの作品が挙げられている。

意外だった。

こんな無茶な条件なのに、二つも勧められるだなんて。

『この作品はすごく地味ですが、絶対に好みに合うと思います。短編集で読みやすくて、個人的に大好きな話ばかりです。ただし、主人公は全員が女子というわけではなく、男子もいるのでそこだけ注意してください』

わたしが興味を持ったのは、最初に挙げられたこの作品だった。紹介文に、すごく地味、と書いてしまうセンスがいい。妙な自信に溢れた文章と、熱意が伝わってくる筆致だった。タイトルも親近感が湧くもので、もしかしたらわたしみたいな人間でも読めるかもしれないと、期待を抱ける。

こっそりと取り出したスマートフォンでノートの写真を撮り、メモをする。それから、目的の本を探すべく、書架の間をうろついた。どこにあるんだろう。著者の名前を頼りに『せ』から始まる文芸の棚を探しまわったけれど、どうにも見つからない。

「なにか探し物？」

他の棚をうろうろしていたら、書架に本を戻していたしおり先生と眼が合った。

わたしはスマホの写真を表示させて、先生に見せる。

スマホを見ても先生はとくに怒ったりせず、眼鏡に手をやりながら、そこに表示された書名を確認した。

「これを探してるんですけど、図書室にはないんですか」

「ううん、あると思うよ」

「でも、さ行のところになくて」

「『ち』のところは探した？　た行」

「え？」

「読みが違うんだよ。わかりにくいよね」

先生は笑って言う。

「こっちだよ」

かび臭くて光の届かない書架の間を、そっと歩く。

しおり先生は、書棚に刺さっているその本を、片手で示して言った。

「ほら、あった」

そう言って、手を引っ込めてしまう。自分で抜き出せということなのだろう。

たくさんの本がぎゅうぎゅうと詰め込まれていて、とても息苦しそうな場所から、わたしはその本を引っ張り出す。

表紙を見て、少しだけ気後れした。

その地味な装幀は、なんだか大人が好みそうな文学という感じがして、わたしでも読めるだろうかと不安になってしまったからだった。けれど、しおり先生はそんなわたしの考えを見通しているみたいに微笑んだ。

「大丈夫。読みやすくて、いい本だよ」

それを手に、いつもの静かなテーブル席に戻った。

とりあえず、少しだけ読んでみようかと思って、ページを開く。

いつも読書をするときは嫌な気分に陥るから、眼が文字の上でつっかえてしまって、なかなか書いてある言葉が頭の中に入ってこない。次のページに進むまで、少しだけ時間がかかってしまった。けれど、一度読書の勘を取り戻してしまえば、文章は読みやすくとてもきれいで、わたしはいつの間にか時間を忘れて、その物語に没頭していたように思う。

それはとても地味な話だった。

最初の短編の主人公は、なにも持っていない女の子だった。友達は少なく、恋をするわけでもなく、特技があるわけでもない。隠された才能も、部活に励むこともなく、無味乾燥とした退屈な日常が流れていく。そのつまらない日々を助けてくれる誰かが現れるわけでもないのに、彼女の心の動きはわたしの心に自然と沁みていった。

ほんの少しだけ、わたしみたいだ、と思えた。

だから、物語の眩しさに眼が眩むこともない。物語の先が気になるというわけではないけれど、女の子が感じる心の動き一つ一つに覚えがあって、出てくる言葉に頷きたくなってしまう。

たぶん、これなら読めるかもしれない。

読書のスピードは、遅い方だった。気に入った文章を口の中で転がしながら何度も読み返してしまうからなのだろう。好きな歌を口ずさむみたいに、心に入り込んできた文章を眼でなぞっていくのは、思いのほか心地いいから。

チャイムが鳴って、ようやく意識を引き戻された。

持って帰って読んでみたい。

授業の課題図書ではない本を借りるのは、初めてのことだった。

本を携えて、貸し出しカウンターへと向かう。

それから、あっと思って、気まずくなる。

そこにいたのは一人の女の子だった。

カウンターに頬杖をつき、あくびを噛み殺しながらよそ見をしていたのは、一年生のときに一緒のクラスだった佐竹さんだった。自分の不器用な言葉がきっかけで、彼女を深く傷つけてしまったことを思い返す。

引き返そうかとためらったけれど、しおり先生の姿は見えず、佐竹さんにお願いしないと本を借りて帰ることはできなさそうだった。

「あの」

声をかけると、佐竹さんはわたしのことに気がついたようだった。

驚いたような表情になって、なんだか気まずそうな顔をされてしまう。

「本を借りたいんだけれど、どうしたらいいの」

「え、あ、えっと」佐竹さんは、面倒そうに言う。「それじゃ、本と生徒証を――」

ふと、佐竹さんが、わたしの差し出す本を見て、言葉を途切れさせた。

「それ」

なんだろう。彼女の様子が変だったので、わたしは不安になってしまう。しおり先生は教えてくれなかったけれど、借りては駄目な本だったとかだろうか。

「借りられない？」

「えと……。そうじゃなくて。あれ、三崎さんだったの」

「あれ？」

「えっと、その、あれ」

佐竹さんは、カウンターに置かれている、あのノートを指し示した。

おすすめおしえてノート。

佐竹さんの様子の意味に、ようやく気がついた。

「あ、ごめん、えっと、これ、勧めたの、あたしで」

「そうなんだ」

妙な気恥ずかしさに襲われて、わたしは言葉を途切れさせる。

なんて言葉を返せばいいのだろう。

「はい。期限、二週間だから」

わたしが戸惑っている間に、彼女は手続きを終えてくれたようだった。

ぼんやりとしたまま、差し出された本を受け取る。

それから、佐竹さんは言った。

少しだけ、ためらいがちに。

「よかったら、感想、聞かせて」

それは、もしかしたら、かさぶたのようなものだったのかもしれない。

癒えかけているはずなのに、いつまでも残り続けていて、ふと思い出したように指先で触れると、ぴりぴりと痛みを感じるような、傷の跡なのだ。触れると痛くて仕方がないはずなのに、ときどき剝がしたくなってたまらなくなって、傷ついたときの思い出を脳裏に甦らせていく。

あのとき傷ついたのは、もしかするとわたしも同じだったのかもしれない。

佐竹さんが、あのときのことを気にしていないといいなと思った。もし、まだ気にしていたのだとしても、いつかごめんなさいと言える機会があるといい。

そのチャンスが来るのは、きっとそう遠くはないのかもしれない。

「うん」

本を胸に抱いて、わたしは佐竹さんの言葉に小さく頷いた。

*

どういうわけなのか、あの薄暗い踊り場に、しおり先生はときどき顔を見せるようになった。毎日ではなかったけれど、鞄にお弁当箱と水筒を詰めて、先生はにこにこしながら、机にお昼ご飯を広げていくのだ。

もしかすると、ぼっちでご飯を食べているわたしのような人間を、憐れんで心配してくれているのかもしれない。けれど、いじめられているだなんてことが先生に知られてしまったら、お母さんに伝わってしまうから、それだけは避けなくてはいけない。

「べつに、好きでここで食べてるんで、放っておいても大丈夫ですよ」

冷たくそう告げたけれど、しおり先生はあっけらかんと言った。

「言ったでしょう。司書室が図書委員の子たちで騒々しいときは、先生もいろんな場所を放浪して一人でご飯を食べてるの。この場所はお気に入りの一つで、言うなればわたしの方が先輩なわけ」

ここで初めて先生と遭遇したとき、先生もまた遅めのお昼ご飯を食べに来たところだったらしい。つまるところ、わたしは先生の居場所を奪ってしまったことになるのだろう。

「騒がしいのは苦手だけれど、でも、ずっとひとりなのは寂しいから。二人くらいが丁度いいよね」

わたしは視線を落とし、そうかもしれませんね、と呟く。それから、お弁当箱の卵焼きを口の中に放り込んだ。お母さんは、もしかして味付けをなにか変えたのかもしれない。それはとても冷たかったけれど、しょっぱいだけじゃなく、久しぶりに甘い味がした。

お昼ご飯を食べながら、しおり先生とする話題といえば、司書の先生なのだから当然というべきか、やっぱり本の話だった。

「あの本はどう？　もう読み終えた？」

「まだです。読むのは、遅い方なので」

わたしは俯いて、お箸を運びながら答える。それから、なぜか今になって読書に興味を持っていないと思われるのが怖くなり、慌てて付け足した。

「その、あまり早く読むと、もったいない気がする、ので」

「そっかそっか。先生もわかる。そうだよね。気に入った本は読み終えるのが寂しくなっちゃうものね。いい本はじっくりと味わうべきだよ」

気に入ったただなんて、まだ言っていない、のだけれど。

「先生は、どんな物語が好きなの」

そんなに嬉しそうに同意を示すこの先生が、普段はどんな本を読んでいるのだろうと、わたしは少しだけ気になってしまった。

「え、うーん、先生が好きな物語かぁ……」

先生はしばらく、視線を暗い天井に向けて、考え込んでいた。

「やっぱり、小説なら、ミステリかなぁ」

「ミステリ？　殺人事件のこと？」意外に思って顔をしかめた。「先生、あんな血なまぐさいのが好きなの？　ちょっと意外」

先生は心外そうに眉を寄せて、頬を膨らませる。

「血なまぐさいだなんて、そんなことないよ。確かに殺人事件は、先生も少し苦手だけれど」

「殺人事件じゃないミステリなんてあるの？」

すると先生は、にやりと笑ってわたしを見つめた。

「もちろん、いっぱいあるよ」

薄暗いこの場所に窓から射し込んでくる僅かな陽の光が、先生の頬を照らす。きらりと、その瞳が輝いたような気がした。

「世の中にはね、人が死んだりしないミステリも、たくさんあるの。先生はそれが好き」

いまいち想像ができなくて、わたしは彼女に訊ねる。

「そんなの、なにが面白いわけ？」

「面白いよう。先生の好きな物語に出てくる人たちはね、日常に起きるどんな些細なことにも眼を光らせて、不思議なことを見つけては、あれはどうしてだろう、なんでなんだろうって、たくさん考えようとするの。だからこそ、身近な誰かが困っていたり、苦しんでいるときに、いち早く気づくことができるようになるのね。でも、これって物語の中に限ったことじゃなくて、わたしたちの世界においても大切な視点だと思わない？　先生が好きな物語は、その尊さを教えてくれるの」

なんだろう。わかったような、わからないような、それはとてもヘンテコな説明だった。

「物語から持ち帰れることって、たくさんあるんだよ。三崎さんも、いつかそういうものを見つけられるといいね」

物語からなにかを持ち帰る。わたしにはその言葉の意味がよくわからなかった。どうなのだろう。物語から、なにかを見つけて持ち帰ることができたとして、それがなんになるのだろう。それが、今のわたしを救ってくれるのだろうか。たとえば、星野さんたちを懲らしめたり、急激に落ち込んだわたしの成績を戻してくれたり、高校や大学に行けるような未来を取り戻してくれたりするのだろうか。

わたしの人生を、たかが本の中にある物語が、どうにかしてくれるはずなんて、あるわけがないのに。

「そうだ。三崎さん、よかったら、これをもらってくれる?」

言いながら、先生はどこからともなく、金色の奇妙なアクセサリーを取り出した。

そう。アクセサリーだと思った。それは金に輝く細長い棒状のもので、先端は眼鏡のつるのように丸みを帯びており、そこから花のかたちのチャームが垂れていた。一見すると、簪(かんざし)のようにも見えるけれど、棒の部分が平べったい。

「きれい」わたしはそれを受け取り、花のチャームが抱いた青い宝石のような煌めきに眼を落とす。「きれいだけれど……。これ、なんですか?」

「栞だよ。ブックマーカー。これを作るのがね、先生のささやかな趣味なの」

「え、これ、先生が作ったの?」

「そうだよ」

驚いて顔を上げると、先生は子どもみたいな表情で得意そうにしている。だからしおり先生って呼ばれているのかもしれない。わたしは、先生のその表情がなんだかおかしくて、ちょっと笑ってしまう。先生も、笑いながら言った。

「栞はね、目印なの。昔の人は、山で迷わないように、木の枝を折って目印にしていたのね。それで、枝を折るって書いて枝折(しおり)って呼んでいて、本の栞の語源はそこから来ているんですって」

「ふぅん」

わたしは、その小さな金の枝を掲げて、窓から射し込んでくる弱い光に照らす。

「三崎さんが道に迷わないように――。ううん、迷ったときでもいいの。それを手にして、読書をしてくれると、先生は嬉しいな」

揺れ動く一輪の花のチャームが、光を受けてきらりと輝くのを見ながら、わたしは先生のその言葉を、ぼんやりと耳に入れていた。

＊

早く読んでしまうのが、もったいないという気持ちが強かったから。

先生がくれた栞を片手に、何日もの時間をかけて、わたしはじっくりとあの本を読み進めていった。その地味な物語を読むことは、わたしにとっての小さな慰めだったと思う。

「あーあ、人生詰んでるんだから、もう学校に来なくていいのにね」

「自分が事故物件だっていう自覚がないんじゃないの？」

そうやって教室で嗤われ、無視されて、心が挫けそうになったとしても、あの暗い階段の踊り場や図書室の隅で静かに物語を読み返すことをすれば、たとえほんのひととき だけであったとしても、気を紛らわすことができた。

物語に出てくる登場人物たちは、みんなどこかわたしに似ている子たちだった。星野さんたちみたいな、明るくて眩しい女の子たちは主役として登場することがない。わたしが観たり読んだりしたことのあるドラマ、アニメ、漫画、映画に出てくる女の子たちは、わたしを嘲笑する星野さんたちのように、みんななにかを持っている子たちばかり。それは人から好かれたり、なにかに夢中になれる才能だ。それを持たないわたしには、青春を送る資格がないのだと思っていた。わたしは物語の中に、ずっとわたしを見つけられずにいたのだと思う。

けれど、ここに書かれている子たちは違う。

なにも持っていなくて、だからこそ悩んで、苦しんでいた。

わたしには、その悩みと苦しみが、手に取るようにわかる。

わたしみたいな人間がいてもいいんだって、赦されるような気がする。

物語の中には、わたしと同じように、教室から無視される子やひどい言葉を投げかけられる子がいた。それでも、彼女たちは物語の中で必死に生きている。彼女たちなりに、灰色の青春を精一杯に過ごしているのだ。眠る前、わたしはその地味な装幀を抱きしめて、自分に言い聞かせた。人生、詰んだりなんてしていない。この物語の中のように、頑張って生きている子たちだっている。きっとわたしは一人じゃない。悔しさに唇を噛みしめながら、祈るみたく、小説の中に出てきた言葉を心の中で甦らせていく。

それでも枕は濡れてしまうけれど、自分と同じ気持ちを抱いている子が、この広い世界のどこかにいるのかもしれないって考えれば、どうにかわたしは生きていくことができる。星野さんたちが集団でわたしを押し潰そうとしているのなら、わたしは姿の見えない誰かと手を繋いで耐え忍びたいと思った。この世界のどこかには、わたしのような目に遭っている人間がきっといるはずだから。

暗い部屋のベッドの中。

金の栞を挟んだ本を抱えて、明日の教室に恐怖しながら、わたしは考えた。

佐竹さんはどうなのだろう。

この物語を教えてくれた佐竹さんは、どんな気持ちでこの本を読んだのだろう。

この本を好きだという彼女は、わたしの気持ちをわかってくれるのだろうか。

＊

あの踊り場で昼食をすませて、図書室のいつものテーブルで本を開く。

今日の読書は、いつもと少しだけ違う。ページを捲る手が、ためらいに強ばるのがわかった。たぶん、わたしは今日でこの物語を読み終えてしまうだろう。残るページ数はあと僅かだった。いつまでもこのお話に浸っていたかったし、この物語を読み終えてしまったあとのことを考えると、気分は憂鬱だった。

けれど、その不安を、物語は押し寄せる波のようにさらっていく。

いつしか、わたしは夢中になって物語を読み進めていた。物語の主人公に身を重ねて、わたしは物語の中に生きていた。奇跡も幸運も、わたしを助けてくれる誰かが現れるわけでもないけれど、最後に、主人公はほんの小さな勇気を振り絞って、自分から一歩を踏み込んでいく。この胸中に、温かいものが沁みていくのをわたしは感じていた。わたしだって勇気を出して一歩を踏み出せば、なにかが変わるのかもしれない。そう思わせてくれる、優しい物語だった。

本の表紙に指先を滑らせて、わたしはしばらくぼうっとしていた。

彼女たちの未来は、どんなものになるのだろうと、わたしは空想を膨らませていく。幸せになれるのだろうか。どんな大人になっていくのだろう。少なくとも、人生が詰んじゃったりすることはないはずだと、根拠もなくそう思えてしまえる。

いい、お話だったと思う。

そう、なんだか、わたしみたいな人間でも、生きていていいんだって。

毎日がつらくて、苦しいのは、当たり前のことなんだって。

そう、言ってもらえたような気がした。

それなら、もしかしたら、わたしだって。

しばらく、その地味で目立たない表紙を見つめた。

図書室の本なのに、ほとんど汚れのない綺麗な装幀だった。もしかすると、あまり読む人がいない作品なのかもしれない。名残惜しかったけれど、いつまでも借りているわけにはいかないだろう。ハードカバーの本は高いからお小遣いでは買えないけれど、お母さんにお願いしたら買ってもらえるかもしれない。

気づけば、読みながら手に握っていた金の栞が、掌に湧き出た汗を載せ、雨に打たれた花の茎のように煌めいている。

次はどうしよう。佐竹さんが勧めてくれた、もう一冊の本を探してみようか。

返却のためにカウンターへ持って行くと、運のいいことに、ちょうど佐竹さんが受付をしていた。

彼女がわたしに気がついて、眼が合った。

よかったら、感想、聞かせて。

あのときの言葉を思い出し、そっと息を吐きながら、わたしは静かに彼女の元に近づく。

なにも言わずに、返してしまうのは簡単だったかもしれない。

けれど、しおり先生は言っていた。同じものを好きになって、感想を語り合うときって、本当に幸せな時間なんだよって。わたしも、聞かせてほしかった。佐竹さんが、この物語を読んで、どんなことを感じたのか。そうしたら、わたしたち、もしかして友達になれるかもしれない。そのとき、わたしは彼女を傷つけてしまったことを、謝れるだろうか。

緊張と、ためらいに、唇は強ばってしまったけれど。

誰も助けてくれなくたって、小さな勇気があれば、前に進むことができると。

この物語は、そう教えてくれたから。

「佐竹さん、あたし、読み終えたよ。これ、勧めてくれて――」

でも、佐竹さんは言った。

億劫そうに。

面倒そうに。

顔をしかめて、わたしから眼を背けながら。

「返却、そこの台に置くだけでいいから」

そのとき、わたしは悟った。

そうだった。

わたしの人生って、もう詰んでいたんだ。

カウンターの奥から注がれるたくさんの視線を、呆然と見返す。
何人かの図書委員の子たちの眼が、わたしという存在を拒絶していた。
その中には、同じクラスの間宮さんの眼差しもある。
愚かなわたしが、気がつかなかっただけで。
星野さんの影響力は、ここにも及んでいた。
「佐竹さん」
振り絞った声は、震えていて、とても聞き取りづらいものだったろう。
俯いて、手にしていた本を置きながら、わたしは言う。
「ごめんね。ほんとうに。ごめんね」
きっと、謝ったところで、あなたはわたしを赦してくれない。
勇気なんて意味がない。
物語なんて嘘っぱちだ。
わたしは図書室を飛び出す。
どこへ行こう。どうしよう。
もう、どうしたらいいかわからない。
「わっ」
廊下に飛び出したとき、歩いていたしおり先生とぶつかりそうになった。

「三崎さん？　どうしたの？」

　不思議そうな表情を浮かべる彼女には答えず、わたしは唇を嚙みしめて廊下を走る。

　もうここに、わたしの居場所なんてないのだから。

＊

　お昼休みは、どこへ行くべきだろう。

　あれから数日が経っていた。図書室でのことを考えると、しおり先生に会うことすら気まずく感じてしまって、階段の踊り場で食事をすることもできなくなってしまっていた。いつもの便所飯に、逆戻り。わたしは十分間の休み時間を、トイレの個室で過ごすようになっていた。いつも、そこでスカートのポケットからあの金の栞を取り出して、意味もなくそれを眺める。もう読む物語はどこにもなく、わたしの汗を載せて、この栞が煌めくこともない。しおり先生に会いたいような気がしたけれど、会ったところでどんな言葉をかけたらいいかが、まるでわからない。

　移動教室を終えて、お弁当を取りに戻るべく教室に入ったお昼休みだった。ふと、みんながわたしの方を見てニヤニヤと嗤っていることに気づく。

　いつもの嗤い方と、少し違う。

普段なら、わたしの方を見て嗤うときは、なにか陰湿な悪口が織り交ぜられているはずだった。けれど、今日はまだどんな言葉も耳に届いてこない。まるでお楽しみはこれからといった様子だった。なんだろう。なにか嫌な予感がした。その予感に導かれるままに、わたしはロッカーに向かう。そこから鞄を取り出し、なにか無くなっているものがあるんじゃないかと、自分の机の上へ荷物を広げていく。悪意の正体に気がついたのは、最後だった。

お母さんが用意してくれるお弁当。

いつも、固く結ばれているはずの布巾が、ほどけて半ば開いていた。

わたしは、震える手で布巾を完全に開き、プラスチックのお弁当箱を露出させる。

その蓋の表面に、黒いサインペンの乱雑な文字で、こう書かれていた。

便所飯女。

まるですべての音が消え失せたみたいに、耳の中で轟々と血流が唸っている。

恐る恐る蓋を開くと、白米が少しこびりついているだけで、中身がほとんどなくなっていた。心当たりがあって、わたしはのろのろとそこへ近づく。教室の隅のゴミ箱の中に、まるで残飯みたいに、ご飯やおかずが放り捨てられているのが見える。

ようやく、耳に声が入ってきた。

くすくすと嗤うみんなの声だった。

「あーあ、カワイソー」

星野さんが嗤っている。

周囲にいる女の子たちも続いた。

「でも、ダイエット中だったんだし、丁度いいんじゃない？」

「トイレの中で食べなくてすむし？」

「ていうかさ、自分で捨てたんじゃないの？　あの子、いつもお弁当の中身をトイレに流してるみたいだから。もったいないよねぇ」

わたしは俯き、唇を吸い込むようにしながら、拳を握り締めていく。毎朝、仕事が早いのに、料理の腕を振るってお弁当を用意してくれるお母さんの後ろ姿を思い出した。お母さんは昔から料理が得意で、子どもの頃は調理師を目指したこともあったんだと、わたしに聞かせてくれたことがある。わたしが友達とお弁当のおかずを交換した際に、すごく美味しいと友達がはしゃいで、そのときのことを話すとお母さんは嬉しそうにして、忙しいのにいつもおかずを豪華にしてくれるようになった。わたしはそのとき、お弁当のおかずを交換した相手のことを考える。その中には、星野さんの姿もあった。みんなのお母さんはどうなのかは知らない。けれど、わたしのお母さんは、働いて疲れて朝が早くて、それでもわたしやみんなのために美味しいお弁当を作ってくれる。それなのに、それなのに。

わたしは唇を噛みしめて、星野さんを睨んだ。

「どうして、こんなことをするの」

震える声で、どうにか、そううめいた。

「は？　濡れ衣なんですけど。どう見ても男子のしわざでしょ」

星野さんは不愉快そうに顔をしかめた。

「なにこっち見てるわけ」

わたしの眼差しが気に食わなかったのか、星野さんは眉を吊り上げて、わたしの方へと近づいて来た。

「わたしが間違ってましたって、謝ったら？　土下座でもしたら、ちょっとくらい考えてあげてもいいよ？」

星野さんは嗤いながらそう言う。

わたしに、あやまちを認めろと言いたいのだろう。

辻本さんを庇ってごめんなさいって。

辻本さんの趣味を馬鹿にするのが正しくて、彼女を庇ってそれはやめた方がいいよって言ってしまった愚かなわたしの方が間違っていましたって、そう認めさせたいのだろう。そうなのかもしれない。わたしは馬鹿で、正しくなくて、みんなで辻本さんを馬鹿にして嗤う方が、正義なのかもしれない。ごめんなさいって、おでこを床に擦りつけることができたら、わたしの人生は詰むことなく、あの日常を取り戻せるのかもしれない。

けれど、わたしには、それができない。

星野さんたちに、負けたく、なかった。

「なに睨んでるの？　生意気なんだけど」

星野さんは嗤う。

「もういいよ。さっさと学校来るのやめちゃえば？　あんたみたいなのはさ、人生が詰んでるんだって。どうせ高校にも行けないだろうし、大学生にもなれやしないよ。さっさとひきこもりになって、社会のお荷物になるしかないの。うちらとは住む世界が違いすぎるわけ。さっさと諦めちゃいなよ」

さっさと諦める。

きっと、それが、正解なんだ。

もう、わたしには耐えられない。

便所飯女と記されたお弁当箱を抱えて、あの踊り場で昼食を摂ることは二度とできない。この文字を、しおり先生に見られるわけにはいかなかった。先生に知られたら、きっとお母さんにも連絡が行くはずだ。お母さんは、学校を休むように言うだろう。学校を休んだら星野さんたちの言う通り、わたしの人生は終わりだ。ううん、どちらにせよ、わたしの人生はもう詰んでいる。このお弁当箱を家に持って帰ったら、お母さんに知られてしまうのだから。もう、わたしはどうしたらいいかがわからない。抵抗は無意味だ。耐えることに意味なんてない。そうだ。それが正しい。だから、みんなはそうしている。毎年、いじめがあって。毎年、たくさんの子どもたちが死んでいる。当たり前だ。こんなの耐えられるはずがない。こんなの、生きている意味がない。こんなの、未来に希望を持てるはずなんてないじゃないか。

わたしは駆け出していた。

息を切らしながら、階段を昇り、あの薄暗い場所へと向かう。

ひっそりとしていて、じめじめとしていて、薄暗いこの場所で過ごすことすら、わたしにはもう赦されない。

閉ざされた窓に手を掛けて、重たく軋むそこを開いた。

ここから飛び降りて、わたしは最後に復讐を果たす。

そう、願ったはずだったのに。

「ダメだよ。三崎さん。絶対にダメだよ」

窓枠に手を掛けて、体重を乗せようとしたときに、制服を引っ張られた。

振りほどこうとした手首を摑まれて、身体を羽交い締めにされそうになる。

わたしは暴れる。どうにか、そこへ辿り着こうとする。

窓枠へしがみついて、身を乗り出して。

そうしてもう、詰んだ人生を終わりにしたかった。

「お願いだから。お願いだから」

そう叫んだのは、誰だったろう。

わたしだったかもしれないし、わたしの身体にしがみついていたしおり先生だったかもしれない。暴れるわたしの拳が先生の頬を打って、彼女の眼鏡が階段の踊り場に落ちた。先生は、それでもわたしの腰から離れようとはせずに言った。

「お願いだから。それだけはしないで。お願いだから」

「だって」

腕すら封じられるみたいに、背後から抱きしめられたまま、開いた窓に向かってうめく。

「もう、おしまいだよ。あたしの人生なんて、詰んでるんだよ」

「そんなことない。そんなことないんだよ」

先生の言葉を耳元で聞きながら、わたしはうめき、そして喚き散らした。溢れ出る悔しさを、耐えがたい絶望を、わたしの唇が呪いの言葉のように吐き捨てていく。その度に、わたしの肩や二の腕を捕らえて放さない指先に、力がこもっていくのを感じた。

「大丈夫だから。大丈夫だから」

根拠のない言葉が、静かに静かに、降り注いでいた。

「大丈夫じゃ、ない」

先生になにがわかるというのだろう。これは単純な問題なんかじゃない。たとえ、星野さんたちがわたしに興味をなくしたとしても、わたしの心に刻まれた烙印は消えることがない。この暗くて陰湿な過去と未来が変わることは決してないのだ。あの子っていじめられていたらしいよ。可哀想だね。奇異の眼に晒され、それに怯え続けることを想像すれば、わたしはたぶん、学校には通えなくなるだろう。勉強もできなくなり、高校に進学できなくなり、大学にも行けなくなってしまう。すべては星野さんたちの言う通り。

星野さんたちの勝利と、わたしの人生の敗北は、最初から決まっていたのだから。

「そんなことない。そんなことないんだよ」

でも、わたしが喚く言葉をかき消すようにして、しおり先生はそう繰り返した。

抱きしめる腕が、この身体を揺さぶっていく。

「学校で過ごした時間で、すべてが決まってしまうなんてこと、絶対にないよ。そんなのに勝ち負けなんてあるはずがない。あっていいはずないよ。たときれいな青春を過ごさなくたって、わたしたちは生きていける。生きていてもいいの。だから今という時だけで、すべてを決めたりしないで」

「でも」

瞼を閉ざすと、溢れる熱が、顎先まで滴り落ちていく。

「もう、つらい。もう、苦しいよ……」

俯くと、この身体を拘束する腕から、僅かに力が抜けていくのを感じる。その代わりに、柔らかくて優しい香りが、鼻をくすぐっていった。

「三崎さん言っていたよね。物語は現実とは違うから苦手だって。物語は、どんなにつらくて苦しいお話でも、必ず誰かが助けに来てくれて、最後には救われるからって。それって現実じゃありえないからって」

先生は、弱々しい声で言う。

それは震えていて、まるで泣いているようだとも思った。

「先生にもわかる。先生にも、つらくて、苦しいときがたくさんあったよ。誰も助けてくれなくて、心が折れてしまいそうで、未来に絶望したこともある。でも、先生は気がついたの。誰も助けてくれないのは、助けてって声をあげなかったからだって。だから、助けてって声をあげることを怖がらないようにした。そうしたら、変わり始めたの」

先生は、わたしの身体を揺さぶりながら言う。

何度も何度も、言葉を積み重ねていく。

「少しずつ、物語のように劇的ではなかったけれど。助けてって声をあげたら、誰かが助けてくれるようになる。物語は嘘かもしれないけれど、全部は嘘じゃない。物語のように美しい世界を願う人たちはたくさんいる。三崎さんを助けてくれる人は、たくさんいるよ。そのためには、助けてって声をあげて生きてほしい。人間を、大人を、物語に動かされる人たちを信じて」

本当に、そうなのだろうか。

その言葉を、馬鹿みたいに鵜呑みにして信じることはできなかった。

でも、もし、本当に、そうだっていうのなら。

「先生……。助けて」

瞼を閉ざしたまま、わたしは声をあげる。

かすれて、醜くて、今にも消えてしまいそうな声で。

「助けてよ。あたしを、助けてよ」

わたしの祈りに、先生は言った。

「大丈夫。先生が助ける。先生が助けるよ」

＊

授業時間中の図書室は、時間が止まってしまっているみたいに静かだった。

数日間、わたしがいなくなったあの教室で、どんなことが起こったのかはわからない。

しおり先生や担任の先生たちが、星野さんたちにどのような働きかけをしたのか、そしてそれにどれだけの効果があったのかは不明だった。もうどうだっていいと思う。きっと先生に怒られたところで、星野さんたちはそんなことを微塵も気にしないだろう。

お母さんは、学校に行かなくていいとわたしに言った。予想通りの言葉だった。わたしは学校へ行こうとしたけれど、もうあの教室へ行くことはどうしてもできそうになかった。だからわたしが向かう先は、しおり先生のいる図書室だ。流されるままに大人たちの言葉に従って、そこで一人きりで勉強をしたり、読書をしたり、しおり先生とおしゃべりをしながら静かに過ごす。お昼休みだけは、図書委員の子たちの視線が気になったので、あの踊り場でお弁当を食べた。毎日ではなかったけれど、しおり先生も一緒にいてくれて、その場所はわたしたちの秘密基地のようだった。いつか図書委員の子たちと仲良くできるといいのだけれど、としおり先生は言うけれど、自分の境遇を考えると、やっぱり同情の眼で見られたくはないし、気まずい思いもしたくはないから、それはどうだろうなって感じてしまう。

どうして、なにもしていないわたしが、教室から隔離されなくてはならないのだろう。

「ねぇ、先生。あたし、いつまでも、ここにいていいのかな」

図書室のカウンターで、課題のプリントをしていたときだった。

唐突に膨らんだ不安に急かされるみたく、わたしは呟いた。

だって、こんなことを続けてなんになるっていうんだろう。

順当に、わたしは詰んでいるコースを歩んでいる。わたしはいつまで、図々しくここに通えるのだろうと思った。いずれ周囲からの視線に耐えがたくなり、家から出られなくなるときがくるだろう。一度、足を踏み外したら、あとはもう崖下に真っ逆さまだ。わたしの未来には、ただただ暗闇があるばかりで、その事実がとても恐ろしかった。

先生は、パソコンに向かってなにかの仕事をしていた。彼女は手を止めて、眼鏡の位置を整えながら、わたしのことを見る。

「いつまでもいていいんだよ。無理に教室に戻る必要は、ないから」

先生は、そう優しく笑ってくれるけれど。

わたしは視線を落として、ぽつりと不安を呟く。

「でも、やっぱり、教室に行かないと、高校に通えないかもしれないよね。高校に通えなかったら、ちゃんとした大人になれないかもしれない」

「言ったでしょう」耳に届くのは、朗らかな声だった。「学校を過ごした時間で、すべてが決まってしまうなんてこと、絶対にないよ」

「本当にそうなのかな」

「そうだよ。先生もそうだったの。自分が大人になれるなんて信じられなくて、未来に絶望していた。学校に行けないときもあって、みんなの視線が怖くてたまらなかった。

だから十代の子が主人公のお話を読んだりすると、後悔してばかり。なりたい自分も、叶えたい夢だって、あの頃はなかったけれど。それでも、どうにかなって、大人になってる」

「でも、それは先生の場合でしょう。あたしがどうなるかは、わからないよ」

「そうだね」

先生は頷いた。眼鏡の奥の眼を細めて、わたしを見つめながら言う。

「三崎さんがどうなるかはわからない。でも、どうにかなるかもしれない。生きてさえいれば、その可能性は無限にある。先生だって、どうにかなったんだから、三崎さんにだってどうにかなる可能性が、たくさんあるでしょう？　みんな、子どものときには想像もしていなかった大人になっていく。大人になるって、そういうことなの」

そういうものなのだろうか。わたしが押し黙ると、しおり先生は微笑んで、椅子から立ち上がった。カウンターを出て行くと、しおり先生は小さな書架の元へと向かった。

それはしおり先生が、生徒たちに読んでもらいたい本を収めているという本棚だった。そこに並んだ背表紙に指先を這わせながら、先生は言った。

「先生は、自分が過ごした灰色の青春を、少しだけ誇らしく思う。つらくて苦しい十代を過ごした経験があるからこそ、できることって、きっとあるんだ。だから、三崎さんの苦しさも、きっと無駄になんてならないよ」

「でも……。あたしだって、普通に学校に行きたかった。苦しい思いなんてしたくなかった。それなのに、どうして、あたしだけ」

どうして、なにも悪いことをしていないのに、こんな目に遭わなくてはならないの。

「先生……。あたし、負けちゃったの？　これって、逃げてるだけじゃないの？」

「大丈夫だよ。苦しいなら、逃げたっていいの。だって、おかしいのは教室の方なんだもの。危ない場所から離れるのは、普通のことなんだよ。だから、あなたはなにも悪くないんだってことを憶えておいてね」

なにも悪くない。

俯いて、込み上げてくる理不尽さを堪えるように、唇をきゅっと噛みしめる。

わたしは、心のどこかで怯えていたのかもしれない、と思った。大人たちはネットで言う。学校に行かないことを選んだら、将来はどうするんだって。隔離されるべきはいじめをする方で、いじめを受ける子どもは逃げるべきじゃないって。だから、わたしはずっと我慢をしていた。逃げたらだめだって。我慢して、教室に通い続けなきゃいけないんだって。人生が詰んでしまわないようにしなきゃならないって。心のどこかで、そう思い込んでいた気がする。

けれど、しおり先生は言う。逃げたっていい。おかしいのは教室の方。危ない場所から離れるのは、普通のことなのだと。

「三崎さんは、なにも気にしなくてもいいの。学校に行かなくても大丈夫なようにするのが、先生たち大人の役目なんだから」

もし、それが普通のことなのだとしたら。

「あたし、本当に、大人になれるのかな」

「もちろん」

なんの根拠もないはずだったのに、わたしの不安をかき消すみたいに、先生は笑う。

「でも、そのためには未来に想像を膨らませて、ページを捲り続けなくちゃいけない。三崎さんは？　願う通りの未来が来るのなら、どんな自分になりたい？　どんなふうに生きていきたい？」

「わからない」

わたしはうめく。

大人になった自分のことなんて、これっぽっちも想像ができなかったから。

「だって、あたしには、なにもないから。なにかになれるなんて、思えない」

「先生にだって、なにもないよ。ただ好きなものがあるだけ。なにかを好きになるのは、そんなに難しい？」

「わからないけど、難しいよ」

「焦らなくても大丈夫。いくつになっても、好きを始めることはできるもの。人間は、人に出会って変わることができるし、人に出会えなくても、わたしたちは物語と出会えるんだよ」

書架に視線を向けながら、ちょっぴり誇らしげに先生は言った。それがとても大切な事実なのだと教えるように、一冊の本を抜き取って胸に抱くと、先生は幸せそうに微笑んだ。わたしは意味がわからなくて、どうしてだか自信満々な様子の彼女を、ほんの少しだけ呆れた眼で見てしまう。

「自分は物語の主人公みたいに、なにかを持っているわけじゃないって、三崎さんは言っていたでしょう。でも、もしかしたら、なにも持っていないことの方が普通なのかもしれないよ。だからこそ物語の主人公は、あなたになにかを与えるために、それを持っているのかもしれない。物語を通して、あなたがなにかを手にすることができるように。そう考えてみたらどうかな？」

わたしは俯いて、その言葉の意味に想いを巡らせる。物語の中に描かれる登場人物たち。その彼ら彼女らが持っている才能や熱意について。物語を通して、わたしはそれらを借り受けることができる。ほんの僅かな間、いっときかもしれないけれど、それを身につけて経験することができる。

もしかしたら、そうして芽生える興味や、好きという気持ちもあるのだろう。

「それが、物語と出会うってこと？」

「うん。物語の中で助けてくれる人も、あなたと出会うために存在しているのかもしれない。わたしたちは物語を通して、そこに生きる人たちと出会うことができる。その言葉と優しさは、きっと本物だよ。実際に誰かと出会うことができなくても、物語に込められた願いは、あなたを救ってくれる」

現実とは違う物語が、わたしは苦手だった。

あまりにも眩しくて、自分の惨めさを、思い知らされるようで。

物語の中では、都合良く助けに来てくれる人がいるけれど、わたしという現実には、そんな人なんていないるはずがないと思っていたから。

けれど、しおり先生の言うように、物語の中の優しさが本物なのだとしたら、都合良く主人公を助けに現れた登場人物だって、わたしという読み手にその優しい言葉をかけるために生まれたのだと、そう考えてみてもいいのかもしれない。それなら、苦しいとき、寂しいときに、救いを欲して読書をすることにも、大きな意味があるのだろう。

「だから、寂しくて、迷ってしまったときは物語を読んで。きれいな言葉にふれて、想像力を育んで、他人の心を理解できる人になって。そうして、優しさをたくさん身につけて、すてきな大人になってね」

彼女はやっぱり、幸せそうに笑って言う。

曇り空に晴れ間ができたみたく、窓から柔らかな光が射し込んで、わたしたちを包み込んでいく。その光を眩しいと感じることなく、わたしは温かいと思った。

それから、少しだけ気恥ずかしくなって、先生から視線を背けた。教科書に挟んでおいた、あの金の栞をそっと抜き取る。先生がくれた、道に迷わないためのしるべ。これを片手にたくさんの本を読めば、わたしみたいな人間であっても、先生のようなすてきな大人になれるのだろうか。日々のつらさと苦しさを、誇りに変えられるときが、いつかくるのだろうか。わたしは、抱えていた本を書架に戻す先生の姿をそっと覗いた。しおり先生は、どんな本を読んで、大人になったのだろう。本を読みたいと思った。しおり先生がそうしてきたように、たくさんの本を読んで、大人になりたい。

わたしは、どんな大人になれるだろう。ちゃんとした大人に、なれるんだろうか。

わからない。

そのためには、もう少し、生きてみないといけないのだろう。

決意をするのには、少しだけ勇気が必要だったけれど。

「ねぇ、先生――」

「うん？」

あたし、先生みたいな大人になるね。

だから、もっともっと、たくさん本を読んで、勉強をするよ。

その言葉は、気恥ずかしくて口にできなかったから。

手にした金の栞を弄びながら、べつのことを訊いてみた。

「先生って、なんでしおり先生って呼ばれてるの。栞をくれるから？」

ちょっとした疑問だったのだ。

だって、先生の名前は、詩織でもなければ、栞でもない。

「ああ、それね」

先生はわたしの元に近づいて、ちょっと気恥ずかしそうに言う。

「それもあるんだけれど、ほら、名前の真ん中に、あるでしょう。しおりって。昔、図書委員の子に栞をあげたら、それであだ名をつけられちゃって」

「名前の真ん中？」

「えーっと、ほら、ここ」

先生は、ポケットから名刺を取り出す。それを、カウンターに置いて、わたしに示した。

そのとき、図書室の扉が開いて、郷田先生が顔を出した。

「真汐先生。ちょっと課題図書の件で相談があるんですが」

「あ、はーい」

しおり先生は明るく声をあげて、郷田先生の元へと向かう。

わたしは、先生が差し出した名刺にある名前を、じっと見つめた。

真汐凜奈。

ましお、りんな。

ま、しおり、んな。

なるほど、それでしおり先生か。

「変なあだ名」

けれど不思議と、しおり先生にいちばん相応しい名前だと感じられて、微笑みを零す。

それから、静かに射し込む陽の光の中へ。

わたしは金に輝く栞を、そっと掲げた。

＊

その日は、しとしとと雨が降っていた。

放課後の図書室。わたしはいつもの目立たない隅のテーブルで、物語に浸っていた。

あれからほんの少しだけ、小説を好きになれたような気がする。どんなに眩しい物語であっても、自分の惨めさに打ちひしがれてしまうことは減ってきた。その光の強さに肌を焼かれてしまうこともあるけれど、植物が光合成をするように、物語の眩しさを養分として美しい花を咲かせることができたらいい。主人公の才能も、情熱や愛情も、いつかはこの身に纏うことができるかもしれない、わたしの持つ可能性の一つなのだから。

優しい言葉を受けて、優しくなろう。つらく苦しい言葉を受けて、耐え忍ぼう。

わたしがどんな大人になれるのかは、まだわからない。これからのことは、少しずつ考えていこうと思う。教室に戻って、素知らぬ顔で勉強をしてもいい。親しい子がいる教室に移してもらう方法もあるし、図書室に通い続けることだってできるだろう。先生の言う通り、学校で過ごしたことが人生のすべてを決めるわけではないのなら、奇異の視線に恥じることも、未来を不安に思う必要もないのかもしれない。

あるいは、星野さんたちは勝利を確信し、わたしを嘲笑っているのかもしれない。けれど、逃げることを恐れてはいけないのだろう。あんな人たちと一緒に過ごすことが、青春だとは思えない。わたしは生きて大人になる。あんな子たちに負けないすてきな大人に。わたしは教室ではなく図書室で過ごすけれど、けれどそれは不幸なことじゃない。

たとえ現実が苦しくて、未来に希望を持てなくても、わたしたちは今の自分からは想像もできないような大人になれる。だから、今がつらくても、きっと大丈夫。

未来のことは、生きてみないとわからないから。

だから、物語の先に想像を巡らせるように。

明日の自分のことを、ほんの少しだけイメージしよう。

もしかすると、ページを捲ったその先には、想像もできなかったようなことが待ち受けているかもしれない。これからの物語がどうなるかは、きっと、わたしたちの想像力しだいだ。

降り注ぐ雨音の静けさの中。

「あのさ、三崎さん……」

肩越しに、怖々と、声がかかる。

声に振り返りながら、わたしは一輪の花が揺れる金の栞を、そっと本に差し込んだ。

少しだけ意外に思って、けれど同時に、喜びに心が満たされるのを感じる。

ほら、考えてもいなかった明日が、やってくる。

ためらう必要なんてない。まずは、好きな物語の話をしよう。

わたしという物語を開いて、あなたの物語を読ませてほしい。

同じものを好きになって感想を語り合うのは、きっと幸せな時間に違いないはずだから。

この想いを誇りに変えて、美しく煌めく花を育みながら。

そうしてわたしたちは、たぶん、ちょっとずつ大人になっていく。

解説——あなたという物語を抱きしめて

あわいゆき

六年前、高校二年生だった私は教室の片隅で、とある一冊の本を独り読んでいました。書店で偶然見かけて、表紙が素敵でなんとなく手に取ってみた本です。もしかすると、この文章を読んでいるあなたも私と同じように、数多(あまた)の本のなかからこの『教室に並んだ背表紙』を選んで、息をひそめながら教室で読んでいるのかもしれません。たくさんの本が詰まった本棚から一冊を抜き取るのは運命的で、どれだけ些細(ささい)なきっかけだったとしても、かけがえのない出会いです。本棚に並んでいる本の数だけ、新たな出会いがあります。一方で、本棚に所狭しと並べられた色とりどりの本たちは、教室や会社などのあらゆる社会で集団に属し、押し込められている私たちのすがたにも似ています。

この『教室に並んだ背表紙』に登場するのは、そんな教室で送る学校生活に生きづらさを抱えて、独り追い込まれてしまっている女の子たちです。そして彼女たちは「物語」と出会うことで、少しずつ前を向こうとしていきます。

今回は彼女たちがそれぞれ抱えている「孤独」の正体を辿(たど)っていきます。そして孤独をなくすためにはどうすればいいのか、六つの物語を通じて示される「他人とのかかわりあいかた」もひとつずつ、確かめていこうと思います。

まず一編目、**「その背に指を伸ばして」**の佐竹さんは、「キャラが違うもんね」とクラスメイトの三崎さんたちに笑われたのが原因で、自分の世界に閉じこもってしまいました。自分を陰キャだと卑下して、司書のしおり先生に推理小説を勧められても、「苦手なものは苦手」だと読む気を見せません。しかし彼女は、陽キャだと敬遠していた三崎さんと一冊の本を通じて少しずつ、心を開くようになっていきます。

自分や他人を、〈陽キャ〉〈陰キャ〉のような言葉で説明したことはありませんか？　たった一言で住んでいる世界を区別してしまうのは簡単だし、楽ちんです。しかしそうすると、相手を理解しようとする姿勢も失われてしまいます。それはきっと、自分も相手も窮屈な世界に押し込めてしまうのと変わりありません。窮屈な言葉から解き放つことで新たに発見できる世界はたくさんあります。

そして**「しおりを滲ませて、めくる先」**の真汐さんは、教室で飛び交う視線に耐えられず、誰もいない図書室で毎日を過ごしていました。薄暗い場所で過ごす自分自身を「太陽の光に焦がされてしまう吸血鬼だ」と自嘲して、明るい教室にいられない自分の未来に絶望しています。そんな彼女は塚本詩織先生と出会って、図書室を少しずつ「明

る い場所」にしていきます。

教室ではない場所、たとえば図書室や保健室に登校しているひとたちを、うっすらと可哀想に思ったことはありませんか。でもそれは、本当に可哀想なのでしょうか？　図書室で過ごす日々にも、その場所でしか得られないものが間違いなくあります。だからそこは決して「日陰」ではありません。可哀想だと憐れむものでは決してなく、教室もそれ以外の場所も、等しく誰かと生きていくための「ひなた」です。

「やさしいわたしの綴りかた」のあかねは、読書感想文の宿題で楽をしようと、クラスメイトの間宮さんが捨てた原稿用紙から盗作しようとしました。ずるをしようとしてしまうのは、本を読んで、自分の感情を言葉にするのが苦手だからです。そんなあかねにしおり先生は一冊の本を差し出します。

なにかを伝えようと思ってもうまくまとまらず、言葉にするのを諦めてしまった経験のあるひとは多いはずです。自分の抱いた感情を言葉にしていくのはとても大変で、ときに辛い思いをすることもあるでしょう。しかし、言葉にすることで初めて自覚できる感情はあります。そしてたとえ拙い言葉でも、言葉にさえすれば、きっと耳を傾けてくれるひとはいます。どんな手段でもまずは自分の気持ちを表に出して、伝えようとしなければコミュニケーションは始まりません。

続く「花布の咲くころ」の間宮さんは、二次元を生きる凛堂蓮くんに恋をしていました。しかし、志を共にしていた友だちのユナは三次元の男の子を好きになり、自分ひとりだけが取り残されてしまいます。はたして二次元への恋はただの現実逃避で、気持ち悪いものにすぎないのか――世間に蔓延る一般常識を前に思い悩む間宮さんはユナと喧嘩してしまいました。

周囲とは異なる感性のひとをネタにしたり、悪気がなくても面白がったことはありませんか？　ひとが持っている感性や価値観は千差万別です。それは恋愛に限らず、たとえば宗教観や金銭感覚、人付き合いに至るまで、ひとりひとり異なる世界が見えています。だから価値観の違いを理由に相手を嗤うのは、相手の見えている世界を否定することに他なりません。

「煌めきのしずくをかぶせる」にも同じことが言えるでしょう。本名の〈ティアラ〉がコンプレックスの涙子は「漫画家になりたい」と密かな夢を抱きながらも、夢や趣味をくだらないと馬鹿にされるのが怖くて言い出せずにいます。そんななか、涙子はネイルが趣味の倉田さんと知り合い、放課後の空き教室で親交を深めるようになりました。しかし本名がバレてしまい、恥ずかしくなって倉田さんから逃げ出してしまいます。

ひとと違った名前や趣味はついつい嗤ったり否定してしまいがちですが、自分がされたときの気持ちを想像してみるのも必要です。もちろん、自分と相容れない価値観や趣味をぜんぶ肯定する必要はありません。気持ち悪く感じるときもあると思います。ただ、だからといって最初から否定してしまうと、その人とはもう理解しあえなくなります。脊髄反射的に馬鹿にしたり嘲笑ったりせず、「こういうひともいるんだ」とまずは理性で受け止めて、尊重する姿勢が大切です。そのうえでどう接していくか、冷静に見極めてください。

ここまではどう他人とやさしくかかわりあっていくか、を見てきました。しかし一方で、傷つけることに喜びを見出して、悪意をもって他人を傷つけてしまうひとも存在します。「教室に並んだ背表紙」で描かれているのはその最たる例、いじめです。昔から他人の顔色を気にして生きてきた三崎さんは、気にするあまりクラスメイトの反感を買い、いじめの標的となってしまいました。弱音を吐いて脱落してしまったら将来が詰んでしまうからと声を上げられないまま、徐々に追い詰められていきます。そんな彼女に対してしおり先生は、「逃げたっていいの」と告げます。

いじめに対して戦ったり、相手を改心させようとする必要はありません。そのひとにはそのひとの世界がある——それを知ってさえいれば、理解できない相手を無理に理解しようとしなくてもいい。自分に合わない本があるように、合わない人間もいます。だから、悪意をもって接してくる相手から逃げるのは決して「弱さ」ではなく、自分の世界を守ろうとする立派な「強さ」です。

以上、六編に登場する女の子たちの「孤独」はどれも決して無視できない、身近なものでした。そんな孤独を救う第一歩は、自分や相手のなかにある世界や価値観、つまり「物語」を大切にすることです。教室に並んだあなたという物語を抱きしめていれば、楽しく感想を語りあえるような相手にもいつか出会えるはずです。そしてそれは、本を読む行為にも置き換えられます。すべての物語を尊重したうえで、あなたが生きていくための支えとなるすてきな一冊を見つけてください。

せっかくなので、あなたに合う物語を見つけるための助けになれるよう、最後に相沢沙呼さんの他の著作も簡単に紹介します。

まず、本作の女の子たちに強く共感された方には『**雨の降る日は学校に行かない**』をおすすめします。スクールカーストや学校の空気に生きづらさを抱いた女の子たちの連作短編集で、本作と最も雰囲気の近い作品です。また、物語に対する愛を感じ取った方は、小説を書く苦悩と喜びを描いた『**小説の神様**』を。実は本作とも世界観がリンクしているので、どこが繋（つな）がっているのか探してみてください。

そして本作にはひとつ、驚くべき仕掛けが施されていました。驚かされた方、もっと驚かされたいと思った方は『**medium 霊媒探偵城塚（じょうづか）翡翠（ひすい）**』から始まるシリーズをぜひ。作中で披露される華麗な推理に、良い意味で予想が裏切られること間違いありません。

中学校の三年間を丸々通わないで引きこもり、高校も休んでばかりだった私は、高校二年生のときに書店で『雨の降る日は学校に行かない』の文庫版と出会いました。そのなかに収録されていた「プリーツ・カースト」という短編に感銘を受けて、もっと物語について知るために小説を学ぶ大学に進み、巡り巡っていまこうして解説を書いています。このお仕事をいただいたのは本当に偶然ですが、周囲の方々との出会いや支えもあって、なんだかんだ人生詰まずにやってこれました。私がかつて救われたように、いま綴っている文章が少しでも、孤独を抱えている誰かの救いとなっていればうれしいです。そしてこの『教室に並んだ背表紙』があなたの孤独に手を差し伸べる大切な一冊となり、未来に導いてくれることを祈っています。

（あわい・ゆき　書評家）

本書は、二〇二〇年十二月、集英社より刊行されました。

初出
その背に指を伸ばして　「小説すばる」二〇一八年七月号
しおりを滲ませて、めくる先　「小説すばる」二〇一八年十一月号
やさしいわたしの綴りかた　「小説すばる」二〇一九年三月号
花布の咲くころ　「小説すばる」二〇一九年五月号
煌めきのしずくをかぶせる　「小説すばる」二〇一九年八月号
教室に並んだ背表紙　単行本書き下ろし

集英社文庫

教室に並んだ背表紙

2023年6月25日　第1刷　　定価はカバーに表示してあります。

著　者　相沢沙呼
発行者　樋口尚也
発行所　株式会社　集英社
東京都千代田区一ツ橋2-5-10　〒101-8050
電話　【編集部】03-3230-6095
【読者係】03-3230-6080
【販売部】03-3230-6393(書店専用)
印　刷　凸版印刷株式会社
製　本　凸版印刷株式会社

フォーマットデザイン　アリヤマデザインストア　　マークデザイン　居山浩二

ISBN978-4-08-744537-4 C0193